メディアワークス文庫

Missing
神隠しの物語

甲田学人

目　次

昔＊＊郡にある村でこんなことがあった。

村の子供たちが大勢で遊んでいた時のこと、ふと気が付くと、鬼ごっこをしていた男の子が一人いなくなってしまった。

夜になっても帰ってこず、山を、川を、村中総出で探し回ったが見つからなかった。

一緒に遊んでいた子供たちは、その男の子が見知らぬ子供と一緒にどこかへ走って行くのを見たという。

村に住んでいる誰も、そんな子供は知らなかった。

一年経ち、二年経ったが、とうとう男の子は帰ってこなかった。

見知らぬ子供は神隠しだったのだろうと、村中みな噂したということだ。

――＊＊県民俗保存会『＊＊県の昔話』

仕事で知り合ったT君という人から聞いた話だ。

学生のころ、T君は三人の友達と一緒に四人組の女の子をナンパした。

カラオケに行って、少し酒を飲んで、それでは、ということで当初の目論見通りに二人ずつカップルに分かれて解散した。後はそれぞれ、よろしくやるわけである。

ところが次の日から、そのとき一緒にいたM君の姿が見えなくなった。

どうやら、あの夜から家に帰っていないらしい。

携帯電話も圏外で繋がらず、とうとう数日後に捜索願いが出された。

M君は最後に見たとき髪の長い女の子と一緒だったが、その時ナンパした女の子たちに聞いてみると「そんな子は知らない」という答えが返ってきた。彼女たちは、その子の事をT君たちの連れだと思っていたらしい。

髪の長い女の子が誰なのか、結局わからなかった。

M君は今も行方不明のままだという。

——大迫英一郎『現代都市伝説考』

序章　桜の森の満開の下

その出会いは偶然か必然か。そもそも偶然と必然の間にどれほどの差異があるのか。

ともかく…………

さわ、

と木々を揺らせて校庭を吹きぬけた風に、微(かす)かに、ほんの微かに混じったその匂い。

気づいた瞬間、ふと強烈な既視感が頭の中に湧き上がり――その正体に思い至るや否や、空目(うつめ)恭一(きょういち)は思わず寝ていたベンチから、反射的に跳ね起きていた。

懐かしい香り、と言えるだろうか。桜舞う春風に混じるにはひどく場違いな、その枯れ草に少しの鉄錆を含ませたような空気の香りは。それは錯覚でなければ、間違いなく空目恭一の、記憶の中にあるものだった。

無論、この高校のものではない。

――香りの記憶。

人間は外界を認識する時、自身が思う以上に「嗅覚」を用いている。

例えば雨上がりの空気に満ちる、あの湿った土と植物の香りに既視感を覚え、それが子供のころ遊んだ祖父母の家の庭と同じ匂いであると気づくような………そう、そういった経験の持ち主ならば、極めて容易に理解できる感覚だろう。

いや、そこまで明確なものでなくとも、どこかで覚えのある匂いを場の空気から嗅ぎ取り、それは「一体どこで嗅いだ匂いだっただろうか」と首をかしげるような事が、生活の中でも往々にしてあるはずだ。

それと同じ。

空目がその匂いに抱いた感覚は、まさしくこの既視感、そのものだったのだ。

違いがあるとすれば、その既視感の元となっている記憶が、「遠い思い出」と称するにはあまりにも暗鬱なものであるという……本当に、単なる、そう、それだけの事に過ぎない。

そう。その時はただ、懐かしさが心を圧迫し、その匂いに、強く惹(ひ)かれていた。

すーう、と鼻から風を吸い込む。香りの元は風上。キャンパスに咲き乱れる桜の香りに混じり、その乾いた香りは消えそうになりながら、運ばれて来ている。

空目は立ち上がり、その黒ずくめの痩軀(そうく)を、風上へ向けた。

香りを追う。

樹木の多い一角を抜ける。
目の前に、開けた土地が広がる。
そこに…………その少女は、立っていた。

――今は盛りと散る花と、
風の間に間に遊びましょう。
花に乙女の夢を見て、
風の狭間(はざま)に遊びましょう。
人の匂いを運び来る、風を纏(まと)うて踊るは魔物。
それは人とは触れ合えぬ、枷(かせ)を纏うて歌うもの。
花の香りと戯れて、
人の香りは恋しくて、
人にあらざる悲しみを、
風の乙女と歌いましょう――

凛(りん)、と澄んだ透明な詩声。
纏う、花弁を乗せた風。

クラブ棟の脇の開けた敷地、その中央に、少女は出来過ぎた一幅の絵画のような姿で立ち、そして詠っていた。

詩は古風な響きで綴られていた。それは歌のようであり、詩のようであり、呪文のようでもあった。ひたすらに想いを綴る、それは魂の詩だった。

詩はいまひとつ洗練さを欠いていた。それはその詩とリズムが、少女の即興の作である事を物語っていた。詩は朗々と、しかし同時に奇妙なほど儚く、空気へと溶けていった。そして寂しげな詩の響きが呼ぶのだろうか、不思議な風が――花を運び、香りを運び、少女の長い髪を、服を、スカートを、はためかせながら、少女の周りを踊るのだった。

そこは少女のための舞台だった。

そこに在るすべてが少女のために存在し――あたかも少女以外の何者も、そこには存在し得ないように思えるほどだった。

少女はただ一人、そこに存在していた。

空目の目が訝しげに細められた。それは非常に、奇妙な光景と言えたからだ。

新校舎とクラブ棟の間にあるその開けた空間は、普段から少なからぬ数の生徒が行き来している場所だ。新校舎の前には掲示板があり、その周辺にはベンチも設置されて、それだけで用がなくても便利な場所として重宝されている。

運動部の部室とも近く、かなりの広さがあるので、何時も誰かがスポーツに――今も数人の生徒がバスケットボールに――使用している場所でもあった。一瞥しただけで、そこには十人を越える人間がいた。本を読む者、談笑する者、ただ座っている者、何処かへ向かっている途中の者。さまざまな人間が、その広場にはいる。

だが…………

それにもかかわらず、誰も、ただの一人も――少女の周りをフィールドにしているバスケットボールの一団でさえ――不思議な事に、広場の中央で歌う、その少女を全く見てはいないのだった。

それは奇行の行為者を無視するものではなかった。周りの者には少女の姿が見えていない、そうとしか思えない状況だった。

少女は空気のように、無視されていた。

少女の方も周囲を見ていなかった。バスケットボールを追う男達が全速で脇を駆け抜けた時も、まるで互いの姿が見えないかのように無視していた。接触すれば怪我は必至だろうに、その危険性など少しも眼中にないように。

他者すべてが、いや、もしかすると自分自身が、そこには存在しない幻影であるかのような少女の態度だった。

そして周囲もそれが当然であるかのように、誰もが少女を見る事なく、触れる事なく少女のすぐそばを通り過ぎて行くのだった。

それはまるで、互いの体をすり抜けているかのようだった。

まるで、少女は周囲から切り取られているようだった。

ひゅう、

と小さく、風が鳴った。


「！」

その途端、空目の表情が僅かに変わった。

風の運んだ少女の香り。それが微かに、しかし確かに空目の嗅覚へ届いたのだった。

それは、歪な秋の匂い。それは間違いなく…………枯れ草と錆の乾いたような、あの空気の香りと、同じものだった。

瞬間、空目は理解した。

少女がどこから来た何者であるか、いかなる属性を持つ者か、その一瞬で空目は全て悟り、理解したのだ。

理解し、受け入れた。そしてその上で…………空目は少女へと真っ直ぐに歩み寄り、その前へと立った。

ひどく、少女は驚いていた。

それは一見当然の反応に見えたが…………しかし間違いなく、見知らぬ男に立ち塞がられた驚きとは違うものだった。

少女は空目を見上げた。

その表情に、もう驚きは無かった。

「私が……視えるの？」

「ああ」

「そう……」

二人は不可解なやり取りを交わした。

その内容は、その場に誰かが居合わせても全く理解できない種類のものだった。そしてこの場には多くの人が居る。

しかし、誰一人として……この会話を奇妙に思う者は無いのだった。それどころか居合わせている誰もが、二人を見てすらいない。

二人はしばし、見つめ合った。

そしてふと、少女は悲しげな目をした。

「だめ……」

少女は呟く。

「……何がだ？」

「私に関わっては……だめ……私に関わると、私と同じになってしまう。もう元に、帰れなくなってしまうから………」

儚げに、少女は笑った。

哀しい笑み。それはまだ十四、五に見える、そんな少女が見せるにはひどく疲れた、消え入りそうな微笑いだった。空目はそれを、無表情に見返した。

少女は言う。

「お願い、何も見なかった事にして、忘れて。私は……」

「知っている」

空目は少女の言葉を遮った。

「え……？」

「お前が何であるか、俺は知っている」

空目は断定的に言った。少女の顔に困惑が浮かぶ。

空目は真っ直ぐに、少女を見る。

「――その上で聞く。俺と共に行かないか？」

呆然とした表情で、少女が空目を見返した。

「お前の孤独も、存在も、お前が俺に与えるであろう全ての影響も、俺は全て受け入れよう。お前と歩む事が何を意味するか、俺は十分に承知している」

空目は少女に手を差し伸べる。

「俺と一緒に、来い」

「だめ……」

思わず少女が一歩、身を引く。

「だめ……わかってない。私が何か、堕ちる事がどういう事か、貴方にはわかってない」

かぶりを振る、少女。

「私は、ただの化け物でしかない…………！」

その肩を、空目が摑んだ。少女の体がびくりと震える。

「それでも……俺は、お前が欲しい」

少女の体から、力が抜け――

その瞬間、周囲がざわめいた。

ぽーん、と受け取る者の無いボールが地面を跳ねた。

バスケットボールの男達が、今初めて空目達の存在に気づいたように一様に驚きの表情でゲームを中断していた。彼らのフィールドに突然二人が出現したような、そんな驚き方。

無理もなかった。それは、まさしくその通りだったのだから。

周りの人間の多くは二人に気づいていなかったが、その瞬間を見ていた数人は居た。彼らもやはり、驚いて二人を見つめていた。

この瞬間、世界が変質したのを、空目は知覚していた。それとも位相がずれたとでも言うべきかも知れない。

『二人だけの世界』、と慣用的に言う。

その通りの場所にいた事を、空目は認識していた。

今この瞬間、世界が正常に戻ったような感覚だった。それはどこか夢の目覚めに似ていたが、現実である事は間違いなかった。その証拠を、空目は手中にしていたのだから。

空目の胸に、少女の体は投げ出されていた。

力なく傾ぐ少女の体を支え、空目はその髪に香る枯れ草の匂いを感じていた。

香りは麻薬のように、空目の胸中に淡い執着を満たした。

「……お前を、待っていた」

空目が言う。

その言葉に、少女が目を伏せる。

そして、

「ごめんなさい……」

と泣きそうな声で、言った。

「ごめんなさい………」

それは拒絶ではなかった。それは……謝罪だった。

空目は何も言わなかった。

風が舞い、二人を包んだ。ひどく危うい質感で少女の髪が靡(なび)き、辺りに季節外れの秋めいた香りが微かに広がった。


ただそれだけの事だった。


それはたとえ、どんなに不可思議な事だったとしても。

どれほど重大な意味を持つものだったとしても。

それは………ひたすらに、ただ、それだけの事に過ぎないのだった。

一章　魔王陛下はかく語る

1

『――おかけになった電話番号は、現在電波の届かない所にあるか、電源が切られています。こちらは』

ちぇ、と舌打ちして、近藤武巳(こんどうたけみ)は通話を切った。

友人の空目に彼女ができたと聞いたのは、つい先ほどの事。からかってやろうとメッセージを送っても既読がつかず、待ち切れずに電話をかけてみると、同じ校内にいるはずなのに繋がらなかった。詰まらない。皆に首を振って見せ、椅子に座る。

サークル棟二階、文芸部部室。四限の授業はとうに終わり、そろそろ昼休みも終わろうかという頃の事だった。

ここ聖創学院大付属高校は、房総半島に位置する小都市、羽間市に所在している。

煉瓦(れんが)張りの校舎を持つ重厚な印象の学校だが、見た目ほどには古くはない。しかし日本でも初期に完全単位制を導入した高校であり、その校風は自主性を尊ぶ事で知られていた。

制服はブレザーだが、実際には式典以外で着用の義務が無い。

そのため実に生徒の八割近くが私服で通学し、授業風景は高校というより、むしろ大学に近いものがある。市が打ち出している学芸都市の方針にも後押しされ、規模も設備も高校としては群を抜いていた。広大な寮が完備されて全国から生徒を募集し、文化、体育双方の設備も充実。敷地も広大で様々な目的の建物が校内に存在していた。

そのうちの一つがこのサークル棟だった。

二階建て。部屋数およそ二十。専用の設備を必要としない、主に文化系の部が部室を連ねている。文芸部の部室もその中の一つだった。

そこには武巳を始めとする文芸部の二年が顔を連ねていた。学年が二年ともなると高校生活が小賢(こざか)しくなり、食堂の空きはじめる五限目の授業を避けるようになる。どうせなら皆が授業に出払った食堂でゆっくり食事を摂(と)ろうというわけだ。

したがって武巳たちにとって、ほとんどの昼休みは食堂が空くまでの自由時間でしかない。

二年しかいないのは、一年ではまだそんな事に気が回らず、また必要単位が多いため選択の自由が少ないからだ。

そして三年になると受験でそんな余裕すら無くなってしまう。

学校にも慣れ、受験もまだ先の話。二年生というのは様々な意味で気の緩む、宙ぶらりんな状態だ。

気の知れた仲間ばかりの暇な時間帯。

『空目に彼女』というのは、そんな時に持ち込まれたニュースなのだった。

＊

「────いいか、近藤。恋愛感情など完全に錯覚だ。あれは明らかに所有欲の延長に過ぎない。対象が人間であるというだけで何故だか美化の限りを尽くされているが、所詮それは物欲だ。もし恋愛などという行為に特別の価値があるとすれば、それは決して人は他人を所有できないという一点につきるだろうな。そう、極めて哲学的な価値だ。何が面白いのか理解に苦しむ」

武巳はかつて、空目にそのような事を言われた事がある。

これは空目の持論の中でも特に有名なものだ。

空目の持論は少なくないが、これは特に物議をかもしたものとして知られている。一度などは恋愛原理主義者を自称する先輩と論争になった事もあったほどだ。議論は平行線で終わったそうだが、それは先輩の論を空目が一言で切って捨て、先輩の言う〝すばらしい感情〟を空目がひたすらこき下ろすという一方的なものだったらしい。

『恋愛否定論者』。それが皆に一致した空目に対する認識のひとつだった。実際だれもが、空目は恋愛なんかしない男だと思っていた。

だから、その空目に彼女ができたと聞いた時——さしもの俊也も驚き、亜紀は呆れ、武巳も「とうとう〝魔王〟陛下も社会復帰の時が来たか……」としみじみ感慨に浸るという、少々過剰とも思える反応を示したのだった。

「……美人？」

「うん、すっごく可愛い子」

聞いた武巳に、情報提供者の稜子は興奮気味に答えた。無理もない。

「愛も道徳も宗教も、一般に精神的価値があるとされる物は全てまやかしだ。人間に当然存在し得る欲望や規範に特別の価値を認めた時、もっと下等な価値が次々と付着して危険な強制力を持つ毒物に変わっている」

「環境保護など言語道断だ。地球にとって人間は、やがて滅びる一時の下宿人に過ぎない。環境の保護によって人間の生存を図るならそれは正しいが、それを自然のため、動物のためと善意に置き換え環境に押し付け、あまつさえそれを正義と考える姿がすでに醜い——」

文芸部屈指の書き手にして武巳の同期、空目恭一はつまりはそういう奴なのであり、愛だの恋だの、人間だのの純粋性をカケラも信じていない男だったのだ。

何につけても空目は変わっていた。

いつも黒ずくめで歩いていた。

社交性は放棄していた。

美貌、と言ってよかったが、目つきの悪さが全てぶち壊していた。

頭は良かった。しかし知識の方となるとオカルトや魔女裁判、異常心理といった、いわゆる「黒い」知識に偏重していた。

そんなわけだから部活で武巳達と知り合って早々、空目が〝魔王〟とアダ名されるようになったのはある種当然の帰結と言えた。事実、空目につけるのにこれ以上適切な渾名は他にはあるまいと武巳は思う。過激な論を断定的な口調で展開する空目の姿は、まさしく魔物の軍団を前に人類殲滅を叫ぶ大魔王、そのものだ。

誰がその名をつけたのか、今となっては藪の中だが、もしかするとそれは武巳だったのかも知れない。

武巳は変わった奴が大好きだった。

変わった人間をほとんど無条件に尊敬していると言っていい。というのも武巳自身は自分のことを極めて平凡な人間だと思っていたので、「天賦の才能」というものに殊更大きな憧れを持っているのだった。それが嵩じての変人好きだが、天才は例外なく変人だと、武巳は固く信じている。

変人は見ていて痛快だ。才能ある変人なら尚更。変人は普通の人間が考えもしない事や、考えてもやらないような事を平気で実行する。武巳にはそれが羨ましく、痛快でならない。

変わり者がする、常識に唾を吐くがごとき言動。それを見たり聞いたりするのが武巳の最大の娯楽なのだ。そんな人間に絡むのも、また無上に楽しい。そしてそういう意味では、空目は武巳にとって極大のテーマパークに匹敵する存在なのだった。それほどに、空目に関する逸話は多いのだ。

ともあれ文芸部の〝魔王〟空目恭一はこうして誕生し…………皆から変人として知られると同時にその才気とカリスマで常に一目置かれ続けているのだった。

「……うん、それにしても凄いね。あの恭の字という男は一種のサイコだぞ。まともな神経で付き合いきれるとは思えないな」

クールな毒舌女、木戸野亜紀は、読みかけの文庫本を閉じると早々に断じた。

「ええ……」

武巳は苦笑する。

「そりゃ酷いんじゃ？」

「そう？」

亜紀は眼鏡を外し、ケースにしまう。

「……何か間違ってる？」

「…………いや、全然」

亜紀は自称〝育ち間違えた文学少女〟。いつでも端的に本質を突く。

これは武巳の偏見かも知れないが、ファッションにも気を使い、容貌も動作も垢抜けている亜紀にはいわゆる文学少女っぽさというものは全く無い。にこにこ笑って黙っていれば、どちらかと言えば可憐なアイドル的美少女に見える。

しかしひとたび口を開けば言動はあの通り。言葉にも一切容赦無し。頭の方もとんでもなく切れるので大抵の男は近寄りがたいものを感じてしまうのだった。

口癖は「馬鹿者」。

黙っていれば色々得するだろうにと武巳などは思う。そういう意味では間違いなく、亜紀は育ち方を誤っている。

「サイコか……そうなのかも知れないなあ……」

こちらも苦笑気味に、村神俊也が呟いた。

「幼児体験っぽいのもあるし、あいつだったら別におかしくないかな……」

短く刈った髪。浅黒い肌。身長百八十センチを越える、この文芸部には不釣合な体躯を持つ男は空目とはいわゆる幼馴染という間柄だった。洒落っ気が無く、面倒だからといつも制服で通している。いつも判で押したような黒ずくめの空目とはその辺で感性は近い。聞けば二人は幼稚園の頃からの友人同士だという。

家は近所で、はからずも同じ高校に進んだ。という事はもう十年近い付き合いになる。その俊也が言う以上、空目の幼児期には確実に精神病質を誘発するような、事件か何かがあったのだろう。

「あったの？　何か」

武巳は訊いてみた。

「ああ、ちょっとな………」

俊也は言いたくなさそうに渋面を作る。

「うわー、気になるなー」

怖いもの見たさが強い武巳は、隠されると弱い。

「木戸野もそう思うだろ？」

「………何で私に聞くかな」

亜紀は話を振られて迷惑そうだ。

「……無いではないけど、どーだっていいよ」

「そう？　おれはすごく興味あるぞ。空目みたいな紙一重な奴が、何かの理由でそうなったんなら是非知りたい。空目ファン一号として」

「言いふらして回るような事じゃねえって」

「そうかー」

武巳は残念そうな顔をする。

「あんたねえ……」

亜紀は呆れた声で言った。

「…………〝魔王〟様、いい人だよ」

今まで黙って会話を聞いていた日下部稜子は、子供っぽく頬を膨らませた。

「言ってるコトは怖いけど、普通の人だよ。ちょっと天才すぎるだけだって」

真面目な表情で空目を弁護する。

この明るくて屈託の無い、誰からも好かれている娘は武巳の主催する『空目ファンクラブ』の会員だ。メンバーは主催者を含めて二名。特に募集もしていない。

「絶対凄い人だって。魔王様は」

稜子は真剣な顔をして、言った。

対して亜紀は弱った顔だ。

「いや……別に私らも本気で恭の字をキチガイ呼ばわりしてるわけじゃ……」

「英語のテストの時、魔王様が〝魔法〟で助けてくれたの、わたし忘れてないよ。みんなも見てたでしょう？」

そうなのだ。

空目は稜子を、〝魔法〟で助けた事があるのだ。

それは一年の頃、稜子が受講した英語の授業で初めてテストが行われた時の事だった。高校生活最初の試験事で、しかも高校の英語が思いのほか難しいと感じていた感受性の強い稜子は、テストを目前にした休み時間、突然緊張に襲われパニックになってしまったのだ。

こんな時はいくら宥めた所で効果はない。

頭の中が真っ白になって、「どうしよう、どうしよう……」と泣きそうになっている稜子をどうにもできず、皆がもてあましていたその時だった。

急に、空目が現れた。

そして「日下部」と一声呼びかけると、突然びしりと稜子の目の前数センチの所へ、指を突きつけたのだ。

稜子はぎょっとして、突きつけられた指を見た。

皆も驚いて、その状況を見ていた。

一瞬誰も、何が起こっているのか理解できなかった。

……ところがだ。

そこからは劇的だった。稜子の視線が吸いつけられるように空目の指の先に釘付けになったかと思うと、稜子は見る見るうちに我に返って、そのまま落ち着きを取り戻して行ったのだ。

ほんの一分足らずの出来事だった。魔法を見ているようだった。

皆が驚く中、空目は何事も無かったかのように、そのまま自分の授業に行ってしまった。

その時から、もはや〝魔王〟の名を疑う者はいない。

「……あれは催眠誘導の一種だ。思考の焦点が拡散して混乱した人間は、まず驚かせて目の前のものに意識を集中させてやればいい。こんな事は誰でもできる。専門知識も技術も不要だ」

武巳が種明かしを頼むと、空目は事も無げにそう答えた。「驚愕法」とかいう催眠術の手法から思いついたらしい。だが知っている事とできる事は違うと、誰だって知っている。

「……ああ、確かにあれは凄かったな。本物の魔法みたいだもんなあ」

その時の事をありありと思い出して、武巳は今更ながらに感嘆のため息をつく。

「でしょう？　さすがは武巳クン、話がわかる」

我が意を得たりと稜子が笑い、武巳の背中を叩いた。

「あれは絶対魔法だったよ。今でも不思議だもん」

「そうだなー」

「やっぱ凄いよねー、魔王様は」

「魔王陛下の面目躍如だったからなあ」

武巳はそう言って、同意を求めて皆の方を向いた。

「あれ？」

俊也も亜紀も、武巳達を見てはいなかった。

視線を追って、二人が振り向く。瞬間、絶句した。

「あ」

「う……」

「…………俺はいつの間にそんな面目を躍如したんだ？　近藤」

そこには空目が、いつもと全く変わらぬ無表情で、武巳たち二人を見下ろしていたのだった。

2

「……や、やあ、陛下。いつの間に…………？」

「先程からずっとだ」

ごまかし笑いの混じった武巳の挨拶に、空目は平常通りの抑揚に乏しい声で答えた。

「そ、そうか、気づかなかったよ……」

空目は冷たい、というより無感動な目で武巳を見下ろしている。冷や汗ものだ。これが空目の常態だと知っていても、心臓がばくばくと激しい自己主張をしている。

「言ってくれればいいのに。人が悪いなあ……」

言いながら、助けを求めるように周りを見る。皆は笑いながら目を逸らす。

「……ひでー」

そんなやり取りを挨拶代わりに交わしながら、実のところ武巳はかなり驚いていた。空目が背後に立った時、少しも気配を感じなかったからだ。

一種のカリスマだろうか、空目の存在感というのは凄いもので、空目に立たれると空気で判る。オーラが違う、と言った者もいるが、空目の持っている気配はそれほどに強く、異質だ。

武巳が驚いたのは、その空目が今日に限っては完全に気配を消していたからだった。顔も、声も、言動も普段と全く変わらないのに気配だけが、きれいに消失している。

忍び寄るなど、空目らしくもないのだった。いつだってこの男は、自分の踏んでいる地面に絶対の自信を持っている風に闊歩している。

「携帯の電源、切ってるのか？　繋がらなかったけど」

とりあえず武巳は当り障りの無い事を聞いた。

空目は首を傾げる。

「？……いや、そんな事は無い」

「じゃあ、たまたま電波が悪かったかな？」

「だと思うが」

通っている生徒自身が田舎と揶揄する山の上にある学校ではあるが、仮にも関東近縁なのでもちろん電波は行き渡っている。それでも通じなかったという事は、てっきり空目が電源を切っているのだと思っていた。

それはどうやら違うらしかったが――

そう、実はそんな事はどうでもいい事なのだった。本題はここから。先程は不覚にも不意を討たれたが、今度はこちらの番だ。

武巳は気を落ち着けると、にやりと笑みを浮かべた。

「……ところで陛下、聞いたよ。彼女できたんだって？」

似合わないことさら下品な笑いを作って見せて、武巳が問うた。

「ん？……ああ」

空目は無感動に返事をする。

「隅に置けないじゃないの。どういう心変わりですかあ？」

「別に。物の所有に主義主張が関係あるのか？」

「…………物？」

柄にも無い無理をして思いっきり下世話に訊いてみたつもりだったが、空目の返事は素っ気無かった。まるで犬猫でも拾ってきたような言い方だ。いや、犬猫を拾ったのでも、もう少し感動がある。これでは石ころでも拾ったような調子だ。

「物、って………それだけ？」

「……どういう意味だ？」

「どういう意味、って……あのなー」

照れるどころか弁解もしない。それどころか気にもしない。

武巳は拍子抜けした。というより呆れた。

思わず溜息をついた。

「からかい甲斐のない奴だな……」

詰まらなそうにぼやく。

俊也が苦笑いする。

「それは空目に期待するものを間違えてるよ」

「うーん……そうかぁ、そうかもなー」

武巳は残念そうに、呟いた。

ふとそこで、気がついた。

現物を、まだ見ていないのだった。

「……そういえば空目、その彼女はどうしたんだ？　一緒にいたんだろ？」

武巳は訊いた。稜子は今朝一番の授業で空目に出会い、そこで直々に『彼女』を紹介されたと言っていた。だとすると今もまだ学校にいる可能性は高い。

会えるものなら会っておきたい。正確には見ておきたい。

武巳は誰もいない、空目の周りを眺めて訊ねた。

「一緒じゃないの？」

それを聞くと、空目は急に眉を寄せた。

正気を疑うような目で、空目はしげしげと武巳を眺め返す。

「——近藤…………」

「な、何だよ」

そして突然ふと小さなため息をつくと、ひた、と武巳の眉間を指差した。そのまま指を横へスライド。斜め下へ。

「？」

武巳は指の指し示すほうへ顔を向けた。

いきなり目が合った。

「うわ！」

そこには、武巳のすぐそばには、いつの間にか小柄な女の子が立っていたのだ。

武巳が思わずあげた大声に、女の子は、きゃ、と小さく悲鳴をあげて飛び上がった。

「あ、あの、すいません。ごめんなさい」

彼女の方から、なぜか謝る。そしてひどく慌てた仕草で武巳と空目を交互に見上げると、不安そうな、困ったような表情でそこに立ち尽くした。

えらく気の小さそうな子だった。というよりも人馴れしていない感じがした。

「あ、ごめん」

何だかとてつもなく悪い事をした気になって、武巳はつい謝ってしまった。

可愛い娘だった。

年は多分、武巳達より少し下、くらいだろう。

長い黒髪、白い肌。少し古風な雰囲気を持った、どことなく人形っぽい女の子だ。

と言っても別に表情が乏しいとか、そういうわけではない。存在感が奇妙なほどに希薄で、それが小作りな体格と整った顔立ちとを「お人形さん」的な印象として、見る者に与えているのだった。

そう思って見ると、臙脂色のケープやぞろりと長いスカートなど、服装も何となく今風ではない。

ただそれが妙にしっくりと似合い、違和感が無いのだった。

「ね、言った通りでしょ」

なぜか稜子が勝ち誇ったように言った。

皆、毒気を抜かれたような顔をして空目の『彼女』を眺めていた。なんというか、非常に場にそぐわないものが現れたような、そんな空気がそこには流れていた。その彼女だけが、何がどうなっているのか解らず、おどおどと周りを見回している。

「………恭の字……」

亜紀が窓枠に頰杖を突いた。

「……似合わん」

単刀直入。しかし多かれ少なかれ、これは誰もが抱いていた感想だった。

傲然とも言える態度で構える無表情な空目の横で、わけもわからずに立ち尽くす気弱そうな少女。とてつもなくアンバランスで、また恋人同士と見るにはあまりに不自然すぎた。二人の持っている雰囲気があまりに違いすぎるのだ。

釣り合わない、というのではニュアンスが違った。

それは文字通り釣り合いが取れていないのだった。

武巳の感想はもう少し好意的だったが、やはり驚いていた。確かに可愛いには違いないが、こういうタイプが空目の好みだとは想像できなかったからだ。

空目という人間は他人に対してその能力面にしか価値を置かない所がある。空目が好きになるとしたら、何というかもっと、頭の切れるタイプか有能そうな女を想像していたのだ。

この子はどちらかというと世馴れていない箱入り型だ。

馴れ初めが気になった。

「……えーと……どこで知り合ったの？」

言った途端、亜紀に一蹴された。

「馬鹿者」

「……な、何だよ」

「あんたいつも初対面の相手にそういう事を聞いてるの？　名前くらい聞きなさい」

「え？　あ、ああ、そうか」

そう言われてみて、初めて武巳は彼女の名前を知らない事に思い至った。

聞き忘れたのではない。自分でも何故だか知らないが、彼女には名前なんか無いものだと思っていたらしいのだ。しかも疑問も無く、そう確信していたようなのだ。

「そうか……そうだよな」

武巳自身、どうしてそんな事を思ったのか分からなかった。そこに彼女が居た事に少しも気付かなかった事といい、どうもさっきから自分はおかしい。

「武巳クン、頭は大丈夫？」

そう言う稜子に曖昧に笑って見せ、武巳は気を取り直して『彼女』に向き直った。

「ごめん、うっかりしてた。君、名前は？」

「…………」

しかし『彼女』は戸惑ったような顔をして何も言わない。

「やーい、嫌われた」

稜子が笑う。

「……陛下……」

武巳は困った顔で空目の方を見る。

空目が煩わしそうに眉をしかめた。

「……あやめ、だ。そいつの名前は。年齢は十六」

「え、おれより一コ下なだけ？」

武巳は驚く。

まだ四月の半ば。武巳の誕生日は四月一日で、実はこの中では一番の年上だった。

というよりも、実は同級生で武巳より上の人間はこの学校に存在しない。恐らくだが日本にも、ほぼ。四月一日生まれは本来この学年ではない。武巳は小学校低学年までを山奥の田舎で暮らしていて、全校で四人しかいない分校に入学する際、歳の近い子供と特例で入学時期をまとめられてしまったからだ。

まあそれはともかく……意外だった。

少なくとも武巳には、少女はあと二、三年は幼く見えた。

人見知りな態度がそう見せるのかも知れないし、平均より低い背丈のせいかも知れない。もっともその辺の個人差がいかに激しいかは、武巳もよく知っているのだが。

「古臭い名前だね」

亜紀はそう言った。言葉が端的すぎる。悪意に聞こえる。

「……もちろん珍しい、って意味で言ってるよ」

そして当人も気づいたのか、すぐにフォローを入れる。

「………なあ、空目」

武巳は言った。

「陛下は別にいいかも知れないけどさ、おれらはいきなり呼び捨て、ってのも気が引けるんだけど……」

多少からかいのニュアンスが、その言葉には含まれていた。空目は何の事かわからない風で眉をひそめる。

名前で呼び合うのが常態になっていて、疑問にも思っていない様子だった。

お熱い事で、と武巳は可笑(おか)しくなった。

「……だからね」

武巳は笑う。

「『苗字(みょうじ)は?』って訊いてるんだけど」

「………」

当然の質問のつもりだった。

苗字を聞いただけなのだから。

ところが空目は一瞬虚を突かれたような顔をすると、「しまった！」とでもいったような苦々しげな表情に変わり………刹那の後、突然表情を引き締めて〝あやめ〟の方を鋭く見やったのだった。元々鋭い目つきが、もはや凶眼になっていた。

「………え？」

何が何だかわからなかった。

それは空目が苛立った時の表情だった。今まで数えるほどしか見た事がないが、その表情は空目が自分の失敗に気づいた時のものだったのだ。

武巳の質問が不快だったとか、そういうものでは有り得ない。

何故なら空目は決して他人に対して苛立ったりはしない。他人に一切、期待など抱かないからだ。

間違いなく、今空目は何かの失態を犯したのだ。

しかも空目の苛立ちの常として、武巳たちには窺い知れない種類のものを。

空目の視線を受けたあやめは動揺しているように見えた。

なぜか哀切に近い表情で、首を横に振った。

空目が一瞬考え込んだ。

……奇妙な間。

その一連の挙動で二人の間にいかなる意思の伝達が行われたのか、それは判らない。

しかし次の瞬間、何かを言おうとしたあやめを押しとどめると、急に空目は何事も無かったかのような表情に立ち戻り、そのまま何事も無かったかのような声で、断言したのだった。

「近藤だ」

「……は？」

「近藤、だよ。お前と同じだ。そいつは近藤あやめと言う」

明快に、取ってつけたような事を空目は言った。

武巳はそれこそ、何が何やら解らない。

「……そうなの？」

あやめに訊いた。あやめは何だか呆然としていた。きょとん、とした表情で、訊ねた武巳の顔を見上げている。

そして突然、正気に返った。

「……え、ええ、そうなんです。あやめ…………近藤あやめです」

そう言って、あやめは何度も頷(うなず)いた。ひどく慌てている。

「え……と……よろしくお願いします」

一礼して、武巳の胸板に頭をぶつけた。

「ひゃ」

「おっと」

「わ、あわわ、すいません……」

「……え？　あ、いや、別にいいんだけど」

何だか照れくさい気分になって、武巳は苦笑した。

改めて聞いたあやめの声は、透き通った綺麗な声だった。うろたえ気味の語りがミスマッチで、それが妙に可愛らしい。

完璧だな、と武巳は思った。

完成された可愛らしさ。完璧な美人。まれにこういう類の人間が存在することはテレビなどを見ればわかるのだが、実際この目で見るのは初めてだ。さすがは魔王陛下の彼女、と言ったところか。

不思議と羨ましいとは思わなかった。

あやめにしろ空目にしろ何というか浮世離れしていて、身近な手の届く存在としては認識しづらい所があるのだった。それは一般市民が、特権階級に抱く隔絶感によく似ている。または凡人が天才に抱く敬遠。

再度疑問が鎌首をもたげた。

「……どこで知り合ったんだ？」

もう一度武巳は訊く。実は答えは期待していなかったのだが、空目はさらりと、とんでもない事を言った。

「拾った」

「拾ったぁ？」

空目の答えに、武巳は思わず頓狂な声を上げる。

「……どこの子？」

「？……どういう意味だ？　それは」

「学校とか、住んでる所とか……」

「知らん」

「知らん、ってお前……」

武巳は言葉に詰まる。

「……誘拐してきちゃったの？　もしかして」

稜子が何だか、ひどく嬉しそうに言った。

「魔王様、やるぅー」

「ある意味ではその通りだな。だが安心しろ。法には触れない」

「………完全犯罪？」

「そういう意味とは違う」

「……ちょっと待ってくれよ………」

始まった呑気な会話に武巳は割り込む。このまま続けば、この話がうやむやになるのが目に見えている。

「……もしかして名前しか知らないの？」

「ああ」

「いつ知り会ったの？」

「昨日」

「……それで彼女？」

「その通りだ」

何だか言っている事が無茶苦茶だった。しかし空目の答えにはよどみが無い。

「知りたくないの？　って言うか、知らないと困らない？」

「別に。本人が話したければ勝手に話すだろうし、それを止める気はない。俺自身は詮索するほど興味がない」

「それって変じゃないか？」

「そうか？」

「絶対変だよ。それは確実」

「具体的には？」

「具体的、って……」

武巳は何か言おうとしたが、どこが変なのかうまく形にならなかった。

「……君はどう思ってるのさ」

質問先を変える。

「空目は君について何も知らないいんだろ？　君は空目については知ってるの？　お互いの事とかちゃんと知らないで、それで大丈夫なの？」

あやめは急に話を向けられ、少し戸惑った表情をした。そして少し逡巡（しゅんじゅん）すると、ふと意を決したように口元を引き締め、答えた。

「……いいんです。私も、決めましたから」

武巳は口をつぐんだ。

意味は理解できなかったが、そう言ったあやめの表情はひどく真面目で、思い詰めたような顔をしていたからだ。

「……もういいか？」

空目が言った。

「質問会はそろそろ切り上げたいんだが」

すでに部室から出て行く体勢。逃げ支度にも見える。

「用でもあるの？」

亜紀が訊ねる。空目は顎であやめを示した。

「ああ。こいつを他の知り合いに紹介する。片っ端からだ」

「……らしくない事を言うね」

「かも知れん」

それだけ言って、空目は部室から出て行った。遅れて、あやめが後からついて行く。

「ちょっと待って」

武巳は呼び止めた。

あやめの素性を、確かに空目は気になどしないのかも知れなかった。だが武巳はそうはいかない。普通の人間は大体そうだろう。

普通は知り合いがどんな人物か、どこの人間なのかを気にするものだ。

だから訊いた。

「……君は……どこの人なの？」

あやめは振り返り、何か迷うようなそぶりを見せた。何かを考えているような、困っているような、そんな顔をする。

そして廊下に目をやり、おそらく待ってすらいないだろう空目を一瞬確認すると、本当に、心底申し訳なさそうに言ったのだった。

「……ごめんなさい。秘密なんです」

あやめは身を翻し、小走りに空目を追いかけて行った。

「あ………」

武巳がさらに何かを言う間もなく。

少女の姿は廊下の端へと走って行き、そして、消えた。

3

空目と、その彼女が消えて行ったドアを、皆はしばらくの間、何というわけでもなく眺めていた。それぞれ思う所があるのか、いや、間違いなくあるのだろう、妙な沈黙が、部室の中には流れている。

「……いやー、魔王陛下、やっぱり変だわ」

その中で、武巳は呟く。

魔王陛下の彼女。これは期待以上に変だった。もちろん面白そう、という意味で。

「ね？　可愛い子だったでしょ」

稜子が言う。なぜか自分の事のように得意げだ。

「そうだなー、確かに」

「でしょ？………ね、村神クンはどう思う？　なんかずっと黙ってたみたいだけど」

「……え？　ん、ああ………そうだな」

俊也は顔を上げた。だが話の半分ほども聞いていた様子は無い。

空目がやって来て、あやめを紹介してからというもの、俊也は本棚に寄りかかって腕を組み、じっ、と空目たちの方を睨んで黙っていたのだった。

「どうかしたのか？　村神」

武巳は訊く。

「……何でもない。気にしないでくれ」

ひらひらと手を振って返す。

だが、そう言いながらも俊也はずっと何かを考えている。

「村神」

亜紀が呼んだ。亜紀も俊也と同じような様子で、何やら険しい目つきをして深刻な表情をしていた。

そして俊也に目配せする。

俊也は大きく頷いた。

「………何？　二人ともどうしたの？」

稜子がきょとん、とした顔をした。

二人とも何も言わない。それでも稜子がじっと見ているのに気づくと、

「ああ……いや、な」

と俊也は言葉を濁した。明らかに態度がおかしかった。

「どうしたんだよ、ほんとに。二人とも何かあったのか？」

二人が押し黙り、何かを思案する風に床を睨んでいるのを見て、武巳は少し強い調子で食い下がった。胸の内がもやもやしていた。好奇心がこれを言わせているのか、それとも不安のなせる業か、武巳自身にも判断はつかない。

その様子に、亜紀がようやく顔を上げた。

「……近藤」

そう言って亜紀は少し迷った様子を見せた。言おうか言うまいかと迷っているのが、品定めするような視線から窺える。

「近藤」

もう一度、言った。

「あんたはあの『彼女』を最初に見た時、どう思った？」

「え？　いや、別に。可愛い子だなって……」

「違う」

亜紀は首を振る。

「……そうじゃない。最初にあんたは『彼女』が居たのに気づかなかったよね。で、恭の字に差されて初めて気づいた。その時どんな感じだった？　って訊いてるの」

「えーと、びっくりしたよ？　気配も何もしなかったし、全然気づかなかったから、いきなり目が合って……うん、僕は何を見てたんだろう、って」

「そうか」

「何だよ……」

亜紀は俊也を見た。俊也が口を開く。

「……お前だけじゃないんだ、近藤。俺も、木戸野も、たぶん日下部も………誰も最初、あの子がそこにいる事に気づかなかったんだ。というより、俺には急に見えるようになったとしか思えなかった。気のせいなら、それでいいんだ。だが違うなら……あれは明らかに……おかしい」

「私もだよ。何というか、あの子はずっと私らの死角にいたような感じだったね。私、近藤、村神、稜子。恭の字以外の、誰からも死角になってる場所にあの子は立ってたんだよ。気配もさせずに。……どう？　稜子には見えてた？」

皆が稜子の方を見た。

稜子は答えた。

「もちろん、見えてたよ」

「……………そう？　なら、いいんだけど」

皆の間に一瞬、安堵に似た空気が流れる。

しかし、

「いや、さっきの話じゃない。確か日下部が空目に最初に会って、あの子を紹介されたんだよな？　その時から最初から、見えてたか？　空目に紹介される時まで、気づかなかったりしなかったたか？」

俊也がそう言った。すると稜子はふと考え込み、やがて急に表情を強張らせた。

武巳は驚いた。

「おい、それってどういう……」

「近藤、あんたは黙ってなさい」

亜紀が冷たく制する。

武巳が黙ると、俊也は稜子を促す。

「……どうだった？」

稜子は納得しがたい様子でしばらく考えていた。明らかにあやめに対して好意的でない皆の様子に、認める事に抵抗を感じているようだ。

「……偶然だよ。ほら、あの子ちっちゃかったし、おとなしい子だったし……」

「どうだったの？」

言い訳じみた稜子の言い分には、亜紀は聞く耳を持たなかった。

「どう？」

「………気づかなかった」

稜子は渋々認めた。

「なあ、それって一体……」

武巳は問うた。どういう事だかさっぱり解らない。

「知らないよ。でも少なくとも警戒はしなくちゃいけないのは確かなわけだ。得体が知れないわけだからね」

亜紀はしれっと答える。

「特に、どうこうするわけじゃないよ。偶然だったら良し。ただ幽霊にでも魅入られたんじゃなければいいけどね、って、それだけだよ。近藤も少し注意して見といた方がいいよ。大好きな魔王様を、どこかに連れてかれないようにね」

「幽霊、って木戸野……」

いきなり何を言い出すのか、と武巳は亜紀の顔を見た。

口調こそ冗談めかしていた。が、亜紀の目は少しも笑っていなかった。

「そんな事あるわけ……」

「冗談だよ、って言いたいのはやまやまだけどね、あんたもさっきのやつを見たらそうは言えないと思うよ。まんまホラー映画のカメラワークだったからね」

　そう言って立ち上がった。

「じゃ、私はもう食堂に行くよ。この話はこれでおしまい。判ってると思うけど他言無用だからね。特に恭の字達には気づかれちゃだめだよ」

　そう言って出て行く。

「……じゃ、食堂で待ってる」

　俊也も後に続いた。

　後には武巳と稜子だけが残された。

　二人ともしばらく黙っていた。

「………………どう思う？」

　武巳は言った。

「んー、よくわかんない」

「嫉妬……とかじゃないよな。人をやっかむような奴らじゃないしな」

「そうだねー」

　亜紀も俊也も、こう言っては何だが武巳よりよっぽど大人だ。二人とも自分の持っている力を十分に理解して、自信を持っている。現に成績から、考え方から、部の冊子に載せる文章まで武巳が二人に勝てる分野は皆無だ。

武巳は羨ましい、と思う。それだけの能力があれば、きっと他人を羨ましく思う必要はないのだろう。それが羨ましい。

「幽霊か……」

「まさか、亜紀ちゃんだって信じて言ってるわけじゃないよ」

「だと思うけど……だとすると木戸野も村神も、何にあんなにピリピリしてるのかさっぱり解らない」

「うーん……」

稜子が唸る。

「……ま、いいんじゃないかなあ？　魔王様の彼女を二人が気に入らない、って、それだけの事だよ。それは魔王様のプライベートだしさ、いくらこの学校が部外者の出入りに甘くても、毎日連れて来るわけにはいかないでしょ？　大丈夫だと思うよ」

「それはそうだけどさ……なんか嫌なんだよな………」

「それはわたしだって同じだよ」

稜子は開け放してあった窓を閉める。

「……ね、わたし達もお昼食べに行こうよ。考えたってしょうがないと思うよ。犬も食わないジャンルなんだからさ、お昼食べそこなうのも笑えないよ？」

そしてそう言って、稜子は八重歯をのぞかせて笑った。

「……そうだな」

武巳も笑う。そうだ、考えるのは今じゃなくてもいい。

「じゃ、行こ」

「ああ」

武巳は部室の本の日焼けを防ぐため、規則に従ってカーテンを閉めた。

二章　幽霊少女はかく語る

1

「……ねえ、あと尾けてみよっか」

日下部稜子がそう言ったのは、実際の所、空目に対する義務感からでも、好奇心からでもなかった。

授業終了。放課後。

学校を出て、市街地行きのバス停に立った時…………混み合う学生達の中に空目とあやめの姿を見かけたのは、あくまでも偶然だったのだ。

だが――――

「……いい考えだね」

武巳がそう応えるのは、稜子にとっては全く予想済みの必然だった。

義務感、好奇心、そんな意識が全く無かったと言えば嘘になる。しかし稜子が尾行を提案したのは、事実として「武巳がそういうのが好きだから」という理由が、最大のものだった。

亜紀は何やら調べ物があるとかで図書館に行ってしまった。俊也は家の仕事を手伝っているので、部活の無い日は早々に家に帰ってしまう。空目はそもそも、誘いをかけない限りはすぐにふらりと何処かへ行ってしまうのが常だった。

それゆえの成り行き。

稜子は自分の思いつきに満足し、また胸を高鳴らせた。

＊

羽間市は人口約五万。市という区分では最低限に属する小さな都市だ。

海岸に羽間港。この小さな港から内陸へ向かって土地は徐々に高度を増し、そこに作られた市全体はなだらかな坂によって構成されている。

町並みは古く、しかも洋風。市条例で保護された砂岩タイル張りの洋風建築通りが、羽間港から市最奥部の聖創学院大学まで、時代錯誤なほどの景観で続いていた。

羽間市の発祥は、通常の都市とはやや趣を異にする。

元々漁村でしかなかった羽間が都市としての機能を持ち始めたのは明治初期、外国人用の別荘地として計画されたのが最初だという。当時の奇妙な洋風趣味を全面的に反映した建築群は、様々な事情から当初の目的をほとんど果たす事は無かった。だがそれを基礎として発展した羽間は当時から——そして現在に至るまで——極めて日本離れした様相の都市へと成長して行った。

石畳、砂岩タイルの壁、壮麗な切妻屋根……幸運にも震災戦災双方から生き残った町並みは市の条例によって保護を受け、景観を崩す建物の建築が大きく制限されて、市全体、特に中心部は、一種の観光地のような統一感を持った造りになっている。

市街には文化財、とまでは行かないものの相当に古いビルディングが立ち並び、その保護のために道路も線路も意外に少ない。この街の主要交通機関はバスなのだ。

羽間市はまた学芸都市として機能していた。

羽間には、その発生からわかるように主要な産業が存在しない。観光収入も、歴史、立地の半端さと、特に売りが無いという致命的弱点のため、ほとんど期待できない。

大昔観光の振興を目的に小神戸、小長崎を名乗ったのも今や空しく、漁業で成り立っていたのも過去の話。羽間港の設備では連絡船の停泊が主要な用途で、今では釣り場としての使用頻度が圧倒的に勝っている。

唯一の財産である町並みは残したい。しかしこれといった売りも無い。

結局市が選択したのは学芸の振興だった。優良な環境を利用して大きな学校を誘致し多くの学生を集める事で、都市機能そのものの振興をはかったのだ。

こうして羽間市は現在に至る。

市の選択はおおむね成功した。大型の総合大学である聖創学院大学を高地に戴き、隣接する付属高校、中学を中心に、この街の経済は動いている。そのおかげでベッドタウンとしても注目され始めた。

石畳の歩道。

見回せば学生達。

学芸都市、羽間とはそういう街だった。

*

そのうちの多くが学生という人込みの中、稜子と武巳は二人を追っていた。

学生ばかりを満載した満員バスで、三十分。空目とあやめは羽間駅前でバスを降りると、中央大通りを外れて商店街方面へと入って行く所だった。

羽間の駅前商店街はまだ新しく、見ようによってはイタリアの通りの風景のような眺めに見える。これも市の美観政策の賜物だ。市が未だに、観光を諦めていない事の証でもある。

落ち着いているが、それなりに賑やかな商店通り。

そこを外れる方向へ、空目とあやめはどんどん進んでゆく。

最初はショッピングかと思った。しかしその可能性は無さそうだ。

「……あれ？　どこ行った？」

「武巳クン、あっち」

「え？　あ、ほんとだ」

二人の姿を、武巳はすぐに見失う。

「……ごめんな、頼りなくて」

「あ、ほら、よそ見したらまた見失うよ」

「え？　あ、しまった」

「しっかりしてよー」

そんな事を言いながら稜子は笑っていたが、本気で武巳を責めるつもりは無い。

二人の姿は、稜子にとっても本当に見づらかったからだ。どれだけ注意しても二人は不思議と人込みにまぎれ、ふと何かの陰に入り込んだかと思うと視界から居なくなってしまう。

気づけば居なくなり、その度に稜子は二人の姿を周囲から探す。

稜子が未だに空目を見失わずにいるのは、実際女性ならではの服装に対する注意力、それゆえでしかない。

空目もあやめも、ひどく特徴的な服装をしている。

しかしそれでも、二人はひょいと死角に入り込むと、そのまま転移でもしたかのように別の場所へと姿を消すのだ。

元々存在感の薄いあやめはともかく、空目の存在感もひどく薄かった。

まるで空目の存在を、あやめが希釈しているかのように。

「あー、また見失った」

「武巳クン違う、あそこ」

「……すごいなー、よく見失わないな。もしかしてヤキモチの力？」

「…………そんなんじゃないもん」

……これだ。

そんなんじゃない。

本当にそんなものじゃ、ない。なぜなら稜子は、武巳の事が好きなのだ。

理由は無い。好きになる事は理屈じゃない、と稜子は思う。多分皆が言う、「好きになった理由」「好きな理由」は全部後付けではないかと思うのだ。「気が付いたら好きだった」稜子にとってはそれが全てだった。後で付ける理由は、この感情を曇らせるだけだ。補強が必要なら、その時になってから付ければいい。

もちろん武巳は、稜子の気持ちに気づいてはいない。

稜子もまだ自分の気持ちを口にはしていない。

この気持ちに気づいた時には、もう二人は親友のような状態になっていたし、今の所は事あるごとに一緒にいる現在の関係に満足してもいた。正直告白する事で、この関係を壊すのも怖い。

劇的なものが恋愛に必要とは限らない、と稜子は最近思う。劇的である事も幸せの一つではあるのだろうが、それはゆるやかな幸せにとっては諸刃の剣の劇薬なのだ。

稜子は思う。いま必要なのは、ゆっくり足場を固める事だ。成り行きで恋人のようになるならそれで良し。そしてたとえ劇薬を飲む事になっても、その程度では壊れないほど、二人が近くなるように……。

もしも劇的なきっかけが恋愛に必要だというなら、多分自分は武巳ではなく空目を好きになっていただろう、と稜子は思っていた。空目の〝魔法〟は、それほど稜子にとって劇的だ。しかし実際、稜子は空目を尊敬してはいるものの、恋愛感情はとんと抱いた事は無い。空目はそういう対象ではなく、もっと別の、特別な存在なのだ。

空目という人物は、すぐ近くに居るにもかかわらず、身近な人間として捉えづらい所があった。

例えばだ。

空目には霊感のようなものがある。これは周知の事実として認識されている。

ある時こんな事があった。稜子がある日学校にやって来て、部室に入るや否や、本に目を落として挨拶すらしなかった空目がふと顔を上げて言った。

「……線香の匂いがするぞ、日下部。法事でもあったか？」

いきなりだった。

もちろん法事など無い。しかし思い至ることはあって、稜子は総毛立った。

その日、稜子は登校途中、車道の脇に花束が積んであるのを見かけていた。事故のようだった。蓋の開いたジュースや玩具、お菓子が置いてある事から、轢かれたのは幼い子供だというのが判った。

可哀想だな……そう思って稜子は通り過ぎた。

すっかり灰になった線香の束が物悲しく、痛々しかった。

それが妙に印象に残って――

思い出したのだ。

当然、すでに燃え尽きた線香から、稜子に香りが移ったりはしない。

「…………魔王様……もしかして、何か見える……の？」

青くなって聞いた稜子を、空目はじっと見ていたが、

「……いや、意思の残滓を引きずって来ただけだ。気にするな。問題ない」

と、すぐに興味を失って読書に戻った。

「魔王様……気になるよ…………？」

「問題ない。同情心か何かに惹かれた残り滓だ。すぐ消える」

　空目はそれ以上取り合わなかった。事実、それから何も起こった様子は無い。

　これは、他の人間なら笑って済ますような、たわごとだ。場合によっては嘘つき呼ばわりされるかも知れない。しかし、そんな話も空目なら許容されるのだ。空目の持つ雰囲気とはそういうものだ。

　空目は何と言うか、幻想的だ。そのせいかも知れない。

　もっとも、この感想を皆に言った時は大いに笑われたものだが。

　稜子は大いに不満だ。

「……悪い、稜子。また見失った」

　武巳の声に、稜子ははっと気づいた。

　そして思わず物思いに沈んでいた自分に気づく。

「え？　あ！　わ！　しまった！」

　稜子は慌てて二人の姿を探し、周囲を見回した。

2

　かなり寂しい場所まで、稜子はやって来ていた。

空目は次々路地を曲がり、もはや周囲にほとんど通行人は無い。

ここまで来ると市の条例も圏外なのだろう。道幅は自動車ほぼ一台分。ごく普通の民家やアパートが、灰色の塀に囲まれ軒を連ねている。

尾行というのは思いのほか難しかった。相手に見つからない距離がどれほどなのかは分からないが、安心できるほど離れると、今度はこちらが二人を見失ってしまう。かといって近づけば、見つかりそうで、怖い。

心臓に悪いほどのスリルと緊張だった。心臓の鼓動が太鼓のようだ。すぐ隣にいる武巳には、もしかすると聞こえているかも知れない。

夕刻もそろそろ終わりに近かった。

日も沈み、周囲は青い夕闇が支配的だ。

街灯がぽつぽつと点き始め、ただでさえ同じような建物が続く住宅地をいっそう単調なものに見せていた。さすがの稜子も不安になってきた。武巳がいなければ、こんな尾行はとっくに止めている。

「ここ、どこだろ。帰れるかな？」

「さあ……近藤……さん？　の家か何かじゃないのかなあ」

武巳は自分と同じ苗字なので、言いながら気持ちが悪そうだ。

「それよりおれは、だんだん誘い込まれてるような気がしてきたよ……」

同感だった。

さっきから同じような風景が続いているのも嫌な感じだ。狐に化かされ、同じ場所をぐるぐると歩かされる旅人の気分はこんな感じなのだろうか。そういえば鬼火とか、ウィル・オ・ウィスプというのも聞いた事があるような気がする。その類の物について行くと、さんざん引きずり回されたあげくに底なし沼に誘い込まれる。確かそんな事を空目が言っていた。

「！……」

稜子はぶるっと身を震わせ、頭から考えを追い払った。このままではどんどんと怖い想像になるだけだ。街灯の明かりの下に立たないように注意しながら、稜子は空目の追跡に、意識を集中する。

「……あれ？　まただ」

武巳が首を傾げた

稜子も同じだった。また二人を見失った。

人込みも遮蔽物もそこには無い。にもかかわらず、街灯の明かりから外れた陰に、ふと紛れ込んだかと思うと姿が消えてしまった。空目は黒ずくめなので、なおさら闇には紛れやすい。

周りはひたすらの、青い闇。

ふと、鳥肌が立った。

このままでは、帰り道すらおぼつかない場所に放り出される事になる。

そのあたりの家で道を訊けばいい、とは思わなかった。何だろうか、強迫観念的な不安が――それは先ほどからずっと胸の内に澱んでいたものだったが――突如として急速に全身に広がり、恐怖を煽り立てたのだ。

慌てて、周囲に目を凝らす。

人っ子一人、そこにはいない。

ただ街灯の明かりだけが、ぽつ、ぽつ、と前にも後ろにも続いている。闇の中でそれだけがはっきりと浮かび、はるか遠くへと無限に続いているように見える。

民家の明かりは塀に阻まれ、二人の元には届かない。それはまるで違う世界の物のように、ひたすら無機質な光をぼんやり宙に投げかけている。

孤独感。

不安感。

稜子は思わず、武巳の上着を摑んでいた。

しかしそれすらも、ひどく空々しく、他人事のように感じられた。

……ふと、その時だ。

「あ、あそこ！」

ちらりと何かが動いたような気がして、稜子は指差した。

数ブロック先の路地へ、あやめが曲がってゆくのが闇の中に見えた。もう曲がってしまったのか、それともこの闇のせいなのか、空目の姿は見えない。誰そ彼刻。もはや色の判別すら難しい、淡くて深い青い闇。その中で見る少女の姿は茫洋(ぼうよう)と霞(かす)んでいる。流れるように路地へ消える様は、まるで幽霊のようだった。

それでも追った。

それしか寄る辺は無いと、何故だか思い込んでいたからだ。

稜子と武巳は駆け出し、その細い路地を曲がった。さらに細い路地の向こうで、あやめの姿が角へと消える。二人は追い、さらに細い路地へと入る。あやめはさらに向こうの角へ。二人は追いすがり、さらに、さらに昏(くら)い路地へ…………

「！」

急な明かりに、目がくらんだ。

どうやら元の道へと出たようだった。いや、もしかしたら違う道かも知れない。

古びた街灯の、くすんだ粉っぽい明かりの下、二人は立っている。闇の中、右にも左にも、ぽつ、ぽつ、と等間隔の街灯の明かりが見える。

ぽつ、ぽつ、

光点は遙(はる)か遠(とお)く、見えなくなるほど遠くまで並んでいる。

ぽつ、ぽつ、ぽつ、ぽつ、

それは永遠に続く、闇と光の無限回廊。

闇。

静寂。

ただ電灯が、ブゥー……ン、というかすかな音を立てていた。

沈黙。

静寂。

…………

…………

ふと、気が付いた。

人の姿に、稜子は気が付いた。

見ると、ぽつ、と遠い光源の下、黒い人影が立っている。稜子は思わず、小さな声を上げる。

「魔王様……」

それは空目の痩軀だった。

空目は背を向け、歩み去っていた。

遠くへ、遠くへ。

光源から、闇へ。

離れて行くその姿は、何故だか今にも消えて行ってしまいそうに希薄だった。今にも溶けて、消えてしまいそうに見えた。

胸騒ぎがした。

呼ぼうとしたが、声がかすれて声にならなかった。異常に喉が渇き、喉の奥が張り付いて声が出ない。見ると武巳も、空気を嚥下して喘いでいた。そうするうちに、空目の姿は闇に呑まれ、消えてしまった。

「……魔王様！」

その姿にひどい不安を感じ、駆け出そうとした稜子が一歩踏み出した時だった。

ぎょっ、と心臓が跳ね上がり、稜子の足が止まった。

不意に、目の前に少女が立っているのに気づいたのだ。

闇が、笑った。

――――くすくすくす

あ、あやめだった。

あやめが目の前に、立っていた。

稜子が立つ街灯の光、その少しだけ外の闇、あやめはそんな位置に、俯いて立っている。上方からの明かりに照らされ、顔の半ば以上が深い影。しかしその口はくっきりと笑みの形に引き攣れている。ぽっかりと空洞に、笑っている。

――くすくすくす

薄く開いたあやめの口の、虚ろな虚ろな闇の奥から、笑いの音は流れ出す。

あまりに無機質な笑いだった。動きの無い、人形の笑いだった。

――くすくすくす

「……誰……？」

稜子は思わずそう訊いていた。目の前にいる少女が、稜子の知っている少女と同じだとは、到底思えなかったのだ。

答えは無い。

空気が、張り詰めていた。

ひどい違和感だった。今まで普通に呼吸していた空気が、今は何かおかしい。

まるで地球の空気ではないかのようだ。大気そのものに冷たい恐怖が浸透し、異様な夜気を構成している。総毛立った体毛が過敏に夜気を察知して、それが恐怖を倍加していた。

もはや汗すら出ない。

背筋が痛いほど硬直し、体が動かない。

顎の奥が、かたかたと振動する。ここはすでに、稜子の知る世界ではなかった。

ここは異界だった。一歩でも光から出れば、異界の闇があっという間に二人に覆い被さり、
容赦なくその魂を押し潰すだろう。恐怖の夜は、二人の知らぬうちに始まっていたのだ。

昏い闇を背景に、あやめはそこに立っている。

闇の中から照らし出された少女を前に、二人は身動きすら取れないでいる。

「お前は……何なんだ…………？」

絞り出すような声で、武巳が言った。


――もう……遅いよ…………

不意に、闇は言った。

――もう……助けられないよ…………

か細い声。

綺麗だが、その美しさも恐怖を煽るばかりで、ひどく寒々しい。

——もう……帰れないよ…………

それは確かに、あやめの声だった。しかし闇に反響し、また同時に闇に溶け、目の前の少女が語っているとは、どうしても断言できなかった。声はどこからともなく聞こえてくるあたかも闇から染み出すように聞こえてくるのだ。

「…………帰れない？」

稜子は唐突に思い出す。

「……それって…………」

初めは自分達の事だと思っていた。

「……それって、もしかして…………」

声が震える。

一瞬忘れていたのだ。稜子達が、一体何をしに来たのかを。

「もしかして…………帰れないって、魔王様の事……？」

闇は、静かに昏く、笑った。

――いこう、
いこう、
〝むこう〟へ、いこう、
虚ろの国へ、
隠しの里へ、
それは永久(とこしえ)、
それは常闇(とこやみ)、
沈まぬ陽と共に月は赤い空を巡り、
無限の黄昏(たそがれ)はひたすらに人間(ひと)の貌(かお)を隠す。
いこう、
いこう、
〝むこう〟へ、いこう――

「――やめろっ！」

呪文のような微かな声に、武巳が堪(たま)らず叫びをあげた。

くすくすと、闇はそれを嘲笑(あざわら)う。

気配がした。周囲の全ての闇の中に、無数の気配が蠢いていた。

しみしみ、

しみしみ、

徐々に気配は近づいてくる。右から、左から、『それら』は二人を取り囲む。

『それら』は光の届かない、すれすれの境界までしか寄って来ない。闇に埋もれ、その姿は影法師にしか見えない。はっきり見えない何かの群れに、稜子達はひしひしと取り巻かれる。

気配そのものは人だった。

だが、人ではあり得なかった。

『それら』は這いずり、のたうち、絡み合いながら、次々と吐き気を催すような変形を繰り返しているのだった。あるものは子供ほどの背丈に挽き潰れ、またあるものは塀より高く伸び上がる。ずるずる、ずるずる。ひたすら展開される異常な影絵。

『それら』は肉でできていた。

異形の肉の、塊だった。

「ひ……！」

稜子は上げそうになった悲鳴を飲み込んだ。

突然、恐ろしい力で、誰かが手首を摑んだ。

反射的に自分の腕を見た。そしてすぐに見た事を後悔した。


白い手だった。


死人のように白い手が、闇の中から、にゅう、と伸びていた。

手の持ち主は闇の中。闇の中で陰影だけを晒している。それは子供のように小さかった。それはぶよぶよと脈打っていた。

今度こそ稜子は悲鳴を上げた。

武巳が恐怖の形相でそれを振り払うと、手は光から逃れる蛇のように〝びゅるん〟と闇に吸い込まれた。

——還ろう、
　還ろう、
　人でなきものの故郷へ。
　人あらざるものは、人でなきものの故郷へ。
　人の心なきものは、人でなきものの故郷へ。

人を失いしものは、人でなきものの故郷へ。

現に心なきものは、人でなきものの故郷へ――


「やめろ！　やめろっ！」

武巳が叫ぶ。恐怖とも、怒りともつかない叫び。

震えていた。稜子が掴んだ上着から、武巳の震えが伝わって来る。それとも、震えているのは稜子自身だろうか？　恐怖が五感を過敏にしていた。膨大な感覚が体中に満ちてもはや何もかも判らなくなってしまっていた。

ただ、ここは寒かった。


――返さないよ。

あの人はわたしのもの。

あの人の心は〝むこう〟にある。

返せないよ。

あなた達では返せないよ。

あなた達は、光も闇も手にしてない。

灯火も、猫の目も、あなた達は持ってない――


がちがち、がちがち。

歯の鳴る音が、頭蓋の中に響く。

「うるさい！　わけの分からない事を言うなっ！」

震えながら、武巳が叫ぶ。怯え、怒り、恐怖、困惑。

闇は、ただ囁くのみ。


――もう遅いよ。私は……

あやめが、ふ、と顔を上げ――

ふ、

と街灯の明かりが消えた。

暗黒。

そこから先は、もう何も覚えていない。

「……だからさ、走っても走っても、どこまで行ってもずーっと同じ風景なんだよ。同じような家、同じような塀、同じような街灯がずーっと続いてるんだ。怖いなんてもんじゃないよ。ああ、くそ、言葉にしてもちっとも怖くない………」

3

武巳が、亜紀と俊也を相手に必死の演説をぶっている。

昼休み。文芸部部室。例のごとく稜子達はそこに集まっていた。

そして今日、そこで始まったのは、今までに例の無い用事だった。武巳の恐怖体験報告だ。

正直言って要領を得ていない。意気込んで話す分、空回りもしている。だがそれを聞く二人の顔は意外と真剣だ。

それはそうだろう。

結局、空目はそのまま姿を消してしまったのだから。

＊

空目が闇の中に立ち、
その姿が闇に溶け、
輪郭が歪み、
ぐにゃり、と粘土のように腕が奇怪な方向を向き、
左右の肩が全然違う高さになり、
顔の半分が溶け崩れ、
脚が、腹が、ぶちゅぶちゅと音を立てながら汚泥と触手の混合物に変わって行き、
頭が細長く歪み、
頭部の上下がひっくり返り、
胴が伸び捻じれ、
「これが私と歩む、人間の末路だよ」
とあやめが笑う中で冒瀆的なまでの人体の変形が続けられて――

稜子は、目を覚ました。

一晩、あれから経っていた。
あの後の事は、稜子は何も覚えていない。気が付いたら、朝だった。

稜子は自分の部屋で目を覚ました。きちんとパジャマを着て、きちんと目覚ましをかけて、きちんと当日の授業の準備までしていた。だから最初、それら全てを稜子は夢だと思っていたくらいだ。

稜子は寮で生活している。

といっても、この学校では生徒の半分以上が寮生なので特に珍しい事ではない。自宅から通ってくる方が珍しいくらいだ。現にこの文芸部全体でも自宅通学者は空目と俊也の二人だけしかいない。亜紀はもっと珍しくて市内にアパートを借りての一人暮らしだ。親が資産家なのではなどと言われている。

ともかく、稜子は寮の自室で目を覚ましたわけで、その後に最初に疑ったのが自分は夢を見たのではないかという事だった。そしてぼんやり考え、朦朧(もうろう)とした意識が「あれは夢だ」と確信するまでに、さほどの時間はかからなかった。

「おはよー」

「……おはよ」

寝ぼけた声で、ルームメイトの貫田(ぬかた)希(のぞみ)に挨拶を返す。

ひどい夢だった。その時点では稜子はそう認識していた。ちゃんと布団で寝ていたはずなのに、ひどく体が冷たいのもそのせいだろうと。

「……希ー、すごい怖い夢見ちゃったよー」

稜子は言った。希はいつものように、ひどい癖っ毛に必死でブラシを当てていた。

「真っ暗でねー、寒くてねー、怖いんだよー」

「……あーもう、なに朝からわけのわかんないこと言ってるかな、この子は」

笑って振り返る希。

「いいから、ちゃっちゃと顔洗って着替えちゃいなさい」

「……うぃっす」

緩慢な動作でベッドから這い出る。

なぜか体中が痛かった。

「うー、気分悪ぅ…………夢のせいかな？」

「大丈夫？」

服を選び、のろのろと着替えていると希が鏡越しに訊いてくる。

「うん、大丈夫ー」

「ならいいけど」

希はあっさりと言って、ブラッシングを再開する。

「……それだけ？」

「うん」

そしてふと思い出したように、他の事を訊いた。

「……そういえばさ、稜子。あんた昨日どこ行ってたの？」

「へ？　何の事？」

「門限過ぎても帰って来ないから心配したんだよ？　それなのに晩御飯食べて戻ってみたら、すやすや眠ってるときたもんだ。首絞めてやろうかと思ったね」

「え？　そうなの？」

「こら、しっかりしなさい。記憶喪失なんて笑えないぞ」

「……あ、うん、そうだね。ごめん」

「何かやってたの？」

「え、えーと…………ごめん、ただ遅れただけ」

「ふーん？」

希は疑わしげに鼻を鳴らす。

「まあいいけど、あんまり心配させるんじゃないよ？」

「ごめん、心配してくれたんだね」

「あんたに何かあったら私の責任問題でしょうが」

「…………あ、そう」

その時は、それで疑問は終わってしまった。

思い出そうとしても思い出せなかったし、少々寝坊気味だったので急いで準備をしなければならなかったからだ。低血圧な稜子は朝に弱い。考える余裕など、無い。だが思い出す事を拒否する、何かの心理が働いたかも知れない事も否定はしない。

何にせよ、同じ事だったのだ。

学校に行くやいなや、寄ってきた武巳の言葉で全てを思い出したのだから。

「…………よかった、稜子は無事だったか。なあ、魔王様は、見てないか？」

＊

空目は昼休みになっても学校に現れなかった。

稜子と武巳は少しだけ話し合った。すぐに結論は出て、このような状況になった。つまり亜紀と俊也に、昨日の事を説明する事に。

「……で、おれはその真っ暗な道を必死で走ってたんだ。まるで夢にでも出てくるような無限の道でさ、心の中も、夢を見てる時の自分みたいに異常に焦ってるんだよ。おれは稜子の手をずっと引っ張ってたんだけど、引っ張られてる稜子も何だかぼーっとしてて、無意識に走ってるみたいでさ、もう何が何やらぜんぜん判らなかった。ただ恐ろしかったんだよ。どうしようもないくらい」

稜子が覚えていない、街灯が消えた後の事を、武巳は少しだけ覚えていた。

武巳はあの後、明かりの無くなったあの道をひたすら走り回ったらしい。稜子は覚えていないが、放心状態の稜子の手をずっと引っ張って。

記憶が無いのが少しだけ残念に思える。

でもどうやって、自分は部屋まで帰ったのだろう？　稜子は不思議だったが、それは武巳も全く同じ状態だった。

「……その後はさっぱり。気づいたら自分の部屋で寝てた。夢かと思ったよ」

武巳は自分の頭を人差し指でつついた。

稜子と同じように、門限過ぎに部屋で寝ていたらしい。

二人の門限破りが関連付けられなければいいんだけど。そう思って、稜子は一人で顔を赤くした。

「………普段だったら『夢だよ、馬鹿者』って切り捨てるんだけどね」

亜紀は眉をしかめる。

「でも恭の字は本当に消えちゃったんだよね………」

そう言って、ため息をついた。

「……電話は？」

俊也が、武巳に訊く。

「もちろん、朝イチで。でも携帯は圏外か電源切れ。で、自宅の方は……ちょっと……ほら、あれだからさ……」

「ああ、わかってる」

困った顔の武巳にそう答え、俊也が渋い顔をした。

空目は両親が離婚して父子家庭だった。小学生の時に離婚が成立、その時からずっと空目は父親と二人暮しをしているという。

その父親とも、折り合いは良くない。良くないどころか悪いと言っていい。辛うじてお互い不干渉を維持。大学卒業と同時に縁が切れる。そういう〝契約〟になっていると本人も言っていた。

「……用件言ったとたん、いきなり怒鳴られたよ。『あいつがどこで外泊しようが俺の知った事か！』って」

「そうか……武巳、それは運がいいぞ。あの親父さんは普段家に居ないんだ。女のマンションに泊まってるからな」

「げ、マジ？」

「……うわー」

稜子は思わず嘆息する。話には聞いていたが凄まじい家庭環境だ。

稜子の家は姉が一人の二人姉妹だが、両親は共働きをして何とか苦しいながらも二人を学校にやってくれている。この聖学大付属は費用のかかる高校だが、それでも二人とも嫌な顔一つしなかった。愛されている、と思う。たまには喧嘩もするが、おおむね関係は良好だ。

「――――そんなものだ。問題ない。親と子など法律さえなければ単なる赤の他人同士だ。言うなれば俺は、法律を盾にして合法的に親から金を巻き上げている寄生虫のようなものだな」

その話題に言及した時、空目は淡々とそう言っていた。

「……それって酷くない？」

そのとき稜子は思わずそう訊いたが、空目は、

「感情を排除した、合理的な考え方だ。そういう意味では、俺は彼の考え方を支持している」

と答えただけだった。

自分は幸せなのだろうか？

稜子は、そう、ふと思ってしまった。

「……親父さんがそう言ったたって事は、つまり恭の字は家には居なかったたって事だね。こりゃ恭の字の失踪、今の所六割ぐらいで確定だ」

亜紀は言った。

「後は〝彼女の家に泊り込み〟の可能性だけど、これは二人の話を信じるなら『牡丹灯籠』並のヤバさなわけだ。あんたら二人が集団ヒステリー状態で同じ幻覚を見たんじゃなければ、だけど」

「ホントだって。信じてくれよ」

武巳が懇願に近い声を上げる。

「……本当だよ？　亜紀ちゃん」

稜子も同調する。もっとも説得力を添える形にならないのは、自覚の上だが。

「俺は信じよう」

不意に、俊也が言った。

「……え？」

「俺は昔から、いつかこんな事が起こるんじゃないかと思ってたんだ。今起こったとしても、俺にとっては少しも不思議じゃない」

皆が、それぞれ不審げな表情をして沈黙する。

それほどまでに俊也の言い様は重々しく、断定的だ。それ以上に、その内容の方も聞き捨てならない。

——いつか起こると思っていた？

稜子は、俊也の発言を量りかねる。俊也は説明はせず、ただこう言った。

「空目は友達だ。だから俺が何とかしてみる。多分これは物凄く危険な事になるだろうから、皆はこの件にはできるだけ関わらないほうがいい。俺に任せてくれ」

そういう俊也の目は、何かの覚悟をしたような真剣なものだ。それだけで、稜子などは何も言えなくなる。

「……勝手な事を言うね」

亜紀は不快そうに眉根を寄せた。

「私だって二人を疑ってるわけじゃないよ。ただ間違いである可能性がある以上、大騒ぎするのは早い、って言ってるの。危険だから関わるな？　馬鹿者。あんた〝恭の字の友達〟が自分だけの専売特許だとでも思ってるわけ？　それは大きな間違いだよ」

真正面から俊也を見据え、淡々と、しかし攻撃的に亜紀は畳み掛けた。よほど俊也の言い分が気に入らなかったらしい。一瞬俊也に気圧された稜子も、それで何とか判断力を取り戻す。

「私も魔王様の友達だよ？　村神クン……」

「そうだよ。いまさら『関わるな』なんて言っても、おれ達さ、もう関わっちゃったもん」

稜子と武巳も反論する。

「………すまん」

俊也はあっさり折れた。

「というわけで先ほどの訴えは棄却。まずは情報公開から要求しましょうかね」

亜紀はぎし、と音を立て、深く椅子に座り直した。

4

「……では恭の字は幽霊か何かに魅入られて、そのために姿を消したと仮定する。それで問題ない？　村神証人」

「ああ、それで間違いないと思う」

「その上であんたは、恭の字にいつかこんな事が起こると予想していたと言う。その根拠は何？」

「空目に霊感があるのは知ってるな？　空目は子供のころ幽霊に遭った事がある。小学校一年の時だ。空目の霊感もその時から現れ始めた」

「……」

「空目はその時から、〝死〟に対するシンパシーが物凄く強い。あいつの意思はいつでも現実には向かってない。自分の命を何とも思っていないんだ。オカルトに対する強い興味も、あいつの中にある死への志向の延長でしかない」

亜紀の質問に、俊也は答えてゆく。

その内容はかなり異常なものだったが、その対象が空目だというだけで稜子には何故か納得できた。たぶん、隣で真剣な顔をして黙っている武巳も同じように思っているのではないかと思う。

　空目の驚くべき過去と志向。稜子は不思議な気持ちで聞いていた。

　俊也は続ける。

「あいつは死にたがってる。というより、もう一度幽霊に逢いたがってる。幽霊に逢って、死の世界へ連れて行かれるのを望んでるんだ」

「……それって、自殺しちゃうんじゃない？」

「潜在的なものなんだよ。空目は気づいてないんだ。自分の志向が限りなく強く〝死〟に向かってる事に」

「…………」

「俺は誓ったんだ。ガキの頃に。空目は、殺させない」

　真剣な目。

　稜子はもう言葉も無い。亜紀が質問を再開する。

「……恭の字が遭ったのは幽霊、これは間違いない？」

「ああ、多分な」

「嘘だね」

いきなり断じた。

「え？　何？　亜紀ちゃん」

「…………どういう意味だ？」

「恭の字が遭ったのは〝神隠し〟だ。違う？」

「！……おまえ……」

俊也が動揺した。

亜紀は鼻で笑う。

「さて、この村神はどうしても私らに正確な情報を与えたくないらしいけど、恭の字について詳しく知ってるのは自分だけと思ってるのが間違いの始まりなんだね…………それではこれを見てもらいましょうか」

亜紀が取り出したのは、二枚のコピーだった。本の見開きが一枚に印刷され、それぞれ亜紀の手書きで著者と書名のようなものがメモされていた。

＊

昔＊＊郡にある村でこんなことがあった。

村の子供たちが大勢で遊んでいた時のこと、ふと気が付くと、鬼ごっこをしていた男の子が一人いなくなってしまった。

夜になっても帰ってこず、山を、川を、村中総出で探し回ったが見つからなかった。

一緒に遊んでいた子供たちは、その男の子が見知らぬ子供と一緒にどこかへ走って行くのを見たという。

村に住んでいる誰も、そんな子供は知らなかった。

一年経ち、二年経ったが、とうとう男の子は帰ってこなかった。

見知らぬ子供は神隠しだったのだろうと、村中みな噂したということだ。

——＊＊県民俗保存会『＊＊県の昔話』

＊

仕事で知り合ったT君という人から聞いた話だ。

学生のころ、T君は三人の友達と一緒に四人組の女の子をナンパした。

カラオケに行って、少し酒を飲んで、それでは、ということで当初の目論見通りに二人ずつカップルに分かれて解散した。後はそれぞれ、よろしくやるわけである。

ところが次の日から、そのとき一緒にいたM君の姿が見えなくなった。

どうやら、あの夜から家に帰っていないらしい。

携帯電話も圏外で繋がらず、とうとう数日後に捜索願いが出された。

M君は最後に見たとき髪の長い女の子と一緒だったが、その時ナンパした女の子たちに聞いてみると「そんな子は知らない」という答えが返ってきた。彼女たちは、その子の事をT君たちの連れだと思っていたらしい。

髪の長い女の子が誰なのか、結局わからなかった。

M君は今も行方不明のままだという。

――大迫英一郎『現代都市伝説考』

＊

「……これは？」

一通り目を通した武巳が訊いた。

「似てると思わない？」

「今回の件に？　うーん、確かに似てるかも知れないけど、ぴったり符合するってほどじゃないよ。この程度なら何とでも言える」

「そうだね」

亜紀は言う。

「でもこれは恭の字の本なんだよ。両ページとも付箋つき。私が借りた時、コピーしたの。面白そうな所だけね」

「でもそれだけじゃ……」

「もちろん、それだけじゃないよ。そのものずばり、『神隠し考』って本も借りたね。著者はそれと同じ大迫栄一郎。何度も読み返した跡があったよ」

亜紀は俊也の顔を覗き込む。

「……で、訊いたわけ。『神隠し、興味あるの?』って。恭の字はこう答えた。『昔、遭った事がある』。もう一度遭遇したくて、今でも探してるそうだ」

「……人が悪いな」

「悪いね。もっと悪いよ。実は確信したのはついさっき。あんたが『いつかこんな事があると思ってた』なんて言わなかったら、こんな可能性は無視したよ、なんせ今の今まで恭の字の冗談だと思ってたんだから」

「…………」

「じゃ、今度こそ腹を割って話そうか」

「……わかった。すまん、俺は皆を舐めていたかも知れん」

今度こそ、俊也は覚悟を決めたように言った。

稜子と武巳は顔を見合わせた。駆け引きに呆然とするばかりだった。舐められて当然かも知れない。

もはや傍観者と化している、稜子と武巳。

しかし亜紀は稜子達に目をやると、言ったのだった。

「……こら、あんた達も呆けない。『彼女』の正体を見てて、それを証言できるのはあんた達だけなんだからね」

「あ、ああ、そうか……そうだよな」

武巳は少しだけ元気づいた。単純な反応だ。それを見て、稜子はくすりと笑った。

「で……少なくとも、あんた達が見た限りでは『彼女』はやばいんだね？」

「うん、わたしはそう思う」

稜子は断言した。

あやめは言ったのだ。詩のように。呪文のように。「あの人は帰れない」、と。

「詩、か……嫌な感じだね。確か呪文とか、詩とか歌とかは根っこが同じ物だって誰かが言ってたね」

「あ、それ魔王様だよ」

「恭の字を連れてく、って、間違い無く言ってたんだね？」

「もう完璧『牡丹灯籠』な感じだったよ。間違い無く言ってたもん」

その『牡丹灯籠』とやらが何かはよく知らなかったが、とりあえず自信を持って稜子は言う。

しかし、この証言は稜子だけができるものだった。

稜子は詩の内容をほぼ完全に記憶していたが、武巳はその内容をほとんど憶えていなかったからだ。何かひどく気味の悪い、わけのわからない事を言っていたという印象しか無いらしい。見ている所が違うのだろう。

街灯が消えた後を、全く記憶していない稜子とは対照的だ。

「……連れてく、か……何とでも取れるね、やっぱり。取り殺す、攫う、もしくはそのままの意味。幽霊にも、神隠しにも、怪人赤マントにも」

「いや、『リャナンシー』みたいな例もある」

「リャナンシー?」

「妖精の恋人。見初められた男は霊感を得て芸術家として大成するんだけど、生気を吸われて早死にする――――たしか空目がそんな事を言ってた」

「うわ、ぴったり」

稜子は顔をしかめかけたが、話に何やら耽美なものを感じて、思わず笑いがこみ上げてしまった。あまりにも空目に似合っていたからだ。不謹慎だが、たぶん今の顔は半笑いだろう。

「……いや、それは無い。多分〝神隠し〟に間違いないだろう」

じっと話を聞いていた俊也が口を開いた。

亜紀が一瞬考え込み、訊き返す。

「……根拠は？」

「あいつは何かに魅入られるような、脆弱な神経はしていない。あいつは自主的に『彼女』を連れ歩いてると見るべきだ」

「……それはずいぶんと高い買いようだね」

亜紀は懐疑的に言う。

「いくら魔王陛下とか呼ばれてても、しょせん恭の字は人間だよ。対して相手は本物の化け物と推定されてる。いくら何でも相手が悪いと思うけど？」

うんうん、と稜子も同意する。それでも俊也は断言する。

「前例がある」

その一言で、亜紀は黙った。

「あいつは〝神隠し〟に遭ったどころじゃない。いちど攫われかけたんだ。もう一人その時に攫われた奴がいるが、そいつの方は十年経った今も帰って来てない。空目だけが戻ったんだ。半死半生になりながら」

「………………」

「その時からだ。空目の志向が死へと向かい始めたのは。空目は間違いなく自分の意志であの化け物を手元に置いている。だとすると〝神隠し〟以外に、あいつが拘る理由が無いんだ。空目は『彼女』の正体も何もかも知った上で、あれを彼女と呼んでるんだろう。それなら急に彼女なんて言い出したのも説明がつく…………

あいつは『彼女』を使って〝向こう〟へ行こうとしてるんだろう。自殺行為を承知の上で、手元に置いてるんだ。あれは空目にとって、やっと見つけた貴重な〝向こう〟への足がかりなんだよ。だから……」

言いながら、俊也はふと嫌な顔をした。

「……どうした？」

「ん？　ああ……少し嫌な考えになった。木戸野の〝神隠し〟の知識も元はといえば空目の本から得たものだし、武巳が言った〝リャナンシー〟も空目の知識だ。この手の知識じゃ俺達が束になっても空目には敵わない。それで空目が自ら〝向こう〟へ行こうとしてるなら…………俺達には、手の打ちようがないかも知れない」

「あっ……」

「村神」

亜紀がたしなめるように言った。

「そんな事は分かってるの。でもやらなきゃ駄目なんでしょ？　無駄な事は考えない。悲観主義には陥らない。特に口には出さない…………わかった？」

「……わかってる」

「よろしい。じゃあ訊くけど、あんたこの件を何とかする当てでもあるの？」

「確実じゃないが、一つある」

「うん、それじゃ初めは別行動で手段を探そう。それでもし有効な手段が見つかったら即座に他のメンバーに連絡、行動開始。なお安全と情報効率を考えて必ず二人以上で行動する事。特に村神は独走厳禁。あんた携帯も持ってないしね。わかった？　以上、伝達終了！」

てきぱきと指示を飛ばし、亜紀はその話題を打ち切った。俊也に対して、有無を言わせない目的があるのは明らかだった。

稜子はただ感心するばかりだ。自分はとても、あんな風にはできない。

「……でも少し意外だったな」

武巳が言った。

「木戸野は、何ていうか……もっと冷たい事を言うかと思ってたよ。『子供じゃないんだから自分の事は自分で責任とりなさい』とか言って、空目を助けようなんて言わないと思ってた。ちょっと見直したな」

「失礼な事を言うねえ」

亜紀は苦笑する。

「いくら何でも命の危険を見捨てたら、寝覚めが悪いでしょ」

さらりと言う。

一瞬聞き流しかけたが、武巳は辛うじて聞きとがめた。

「…………そんなにヤバいの？」

「もちろん。のこのこ帰って来れるようなら神隠しとは言わないでしょ。神隠し系の伝承では無事に帰ってくる話も多いけど、それは珍しいから伝わってるわけ。通常は絶望的。相手が恭の字じゃなかったら、私はこの時点で諦めてるね。近代になっても、古い新聞とかに『神隠しか？』なんて失踪事件が載ってる事があるし」

「へえ……明治とか、大正とか？」

「そう、昭和の初期もね。忽然と人間が姿を消すわけ」

「……」

武巳は神妙な顔をする。

「で……そういうのは、結局どうなったんだ？」

「私の知る限り全滅」

「げ」

「良くて変死体発見、ほとんどはそのまま行方不明だね……まあ大体この知識も恭の字の蔵書の受け売りなんだ。危険を承知でやってるんなら結構馬鹿だね。あいつも」

亜紀は肩をすくめる。武巳の顔は心なしか青ざめていた。

「お……おれ、そんなのと対決してたのか。よく生きてたな…………」

「あう……」

言われて気づいた。稜子たちが襲われたのも、その〝神隠し〟なのだ。

「ホントだね……よく帰って来れたよね、私たち。でもどうして、帰してくれたんだろうね」

武巳が不思議そうな顔をする。

「帰してくれた？」

「だってそうでしょ？　そんな凄いのが相手なら、私達なんかひとたまりも無いじゃない。じゃあ多分、逃げられたんじゃなくて、見逃がしてくれたんだと思うよ」

「そうか……でも、何のために？」

「さあ……宣戦布告、とか……」

「………」

自分で言っておきながら、そのリアリティに嫌になった。

全員の沈黙の中、おずおずと口に出す。

「やっぱ、そうなのかな……」

「ん……そう言われるともう、それ以外、考えられないね。恭の字もよりによって悪い女に引っかかったね……」

亜紀も同意する。そして、

「……ま、当人の過失で事故ったとしても、その人を救うのは当然だね。責任はその後の話。生かしとかなきゃ、責任の取らせようも無いでしょ？」

と、あっさり非道い事を言ってのけた。

「……亜紀ちゃんは、優しいのかシビアなのか判んないねえ」

稜子はしみじみ呟く。

「社会、ってのは、そういうものなの」

「うーん……」

稜子の目から見ると、亜紀の他者への接し方は時に苛烈だ。

「……じゃあさ、魔王様がこの責任を取るにはどうしたらいいの？」

稜子は訊く。

亜紀は怪訝な表情をして、

「わからないね。私らに心配させて、それを恭の字が悪かったと思うなら手間賃にジュースの一本でも奢ってくれればいいんじゃないかな。逆にあいつが余計なお世話だと思ったら、まあ責任は棚上げだね」

と言った。

「被害者だから？」

「そう、被害者は元々責任を取らなきゃならない立場には無いでしょ？　それは気持ちの問題の方になる。……まあ、あれが恭の字の意思でやった事なら強制執行、って事もあり得るかも知れないけど」

「ジュース奢らせの刑？」

「そういう事」

稜子は思わず、くすくす笑う。

だが、そうなると別の問題が出てくるのだ。

「じゃあ……じゃあさ、加害者のあやめちゃんには、どう責任を取らせるの？」

それを聞くと、亜紀は愚問だと言わんばかりに言い切った。

「消えてもらう事になるだろうね……昔から幽霊と人間の恋は、どちらか一方の敗北で終わるのが定石だよ」

稜子は思わず気圧された。

それはあまりにも、非情にして明快な答えだった。

「……何？　稜子。変な顔して」

「え？」

不審げな顔をした亜紀に、稜子は少し慌てた。

亜紀の答えを聞いた瞬間、ふと湧き上がった奇妙な感情が顔に出たようだった。

仕方がないので、稜子は認める。

「……うん、亜紀ちゃんは消しちゃうつもりなんだな、って思って。それも何だか悲しいなぁ、って」

「同情か……」

亜紀はため息をついた。

「それも稜子らしくていいけどね。このままだと恭の字の方が、消されちゃうかも知れないんだよ？　会って会話した以上は情が移るのもわかるけど、ここは非情にならないと取り返しのつかない事になる――言っとくけど、躊躇えないよ」

「うん……わかってる。でもさ、あやめちゃんって、そんなに悪い子なのかな？」

「悪い子……って、あんたさぁ……」

「うん、わかってはいるんだけどさ。でも何て言うかな……うーん、なんだろ？　うーん……あの時の顔は……」

「顔？」

「え？　あ、うん…………………いい。何でもない」

「そう？」

面倒な話になると思ったのだろう、亜紀はそれ以上突っ込まなかった。

稜子は黙り込む。

……でも、思ったのだ。

あの時、街灯が消える瞬間に見えた表情は――

あやめが顔を上げた刹那に一瞬だけ見えたあの表情は――

泣きそうな、

訴えるような、

ひどく虚ろな、

哀しみの、

しかし同時にその目は何故か強い光を宿して………その口元は微かに、ふっきれたような微笑(ほほえ)みを浮かべていたような、そんな気がするのだ。

「悲しみ、寂しさ、諦め、訴え、切なさ、覚悟、希望、虚無……？」

どれだろう？　あの奇妙に殉教的な、あの表情は。

「なんだろう……？」

稜子はただ一人、誰にというわけでもなく呟くのだった。

三章　夜の魔人はかく語る

1

最初に見た時から、あれはまずいものだと直感した。

あやめが隣に立つだけで、空目の気配が、攪乱されたように乱れて霧散するのだ。

俊也にとって空目の存在感はよく知っているものだ。あれほどに気配が強く、また付き合いが長ければ、それこそ後ろに立たれても空目かどうかが判別できる。

その空目の生気がこれほど弱まっている状態を、俊也は十年近い付き合いのなか一度も見た事が無かった。これがどれだけの異常事態か、おそらく他の人間には理解できないのではないだろうか。

存在感の強い者、弱い者が一緒にいると、通常は弱い方が霞んでしまう。

その逆は、あり得ない。

空目の存在感は強く、あやめは弱かったが、それでも実際に起こった事象はあの通りだ。空目の存在感は、間違いなくあやめに喰われていた。

マイナスの気配など、人間が持てるものではない。

「…………」

そんな事を思いながら、俊也は校内を歩く。

いつかはこうなると思っていた。当ては、無いでもない。

この時のために、協力者の目星もつけてある。今はその目星の元へ、武巳を伴って向かっている所だ。

正直な所、俊也としては亜紀の決定に従ってやる義理などは無かった。亜紀が有無を言わさず話を打ち切ったのは、最終的に俊也を従わせる権限が自分に無い事の表明だと、俊也は気づいていた。

それでも武巳を誘う事にしたのは『空目の友達が自分だけの専売特許だと思ってるのか？』という亜紀の言葉が堪えたからであって、いざ危険な事態になれば武巳達を関わらせる気など毛頭無い事には、今でも変わりはなかった。

友人を危険に晒す事は、俊也にとってはもはやトラウマに近い、絶対に忌避すべき事態なのだった。

＊

同じ羽間の生まれである、俊也と空目は幼稚園で出会った。

入園当初は、二人の接点は全く無かったと言っていい。事実、その頃の空目に、俊也は覚えが無い。

名前も知らなかったかも知れない。当時の俊也は既に一匹狼(いっぴきおおかみ)の変わり者で、周囲に友達はいなかった。空目はごく普通の内向的な子供だった気がする。俊也が空目という人物を意識した最初は、幼稚園最後の年のある日、とある事件が起こってからの事なのだった。

誘拐事件。

この事件を、俊也は後になって聞いた話でしか知らない。

とにかく当時五歳だった空目恭一と、その弟である三歳の想二(そうじ)はある日忽然と姿を消し、一週間後に兄の恭一だけが衰弱して帰って来た。

「……目隠しされて手を引かれ、どこかをずっと歩かされていた。想二は人のたくさんいる所に連れて行かれたみたいだった」

恭一本人の証言は誘拐犯の恐怖を周辺住民に与えたが、結局身代金(みのしろきん)の要求などは一切なく、想二自身も手がかりすら見つからない行方不明事件として幕を閉じた。

想二は帰って来なかったのだ。

警察の捜査はしばらく続いたが、一向に進まない状況を背景に一つの噂が住民の間で囁かれるようになった。

〝神隠し〟

俊也がこの言葉を聞いたのも、これが初めてだったと思う。

それは地域に伝わる話と事件を結びつけたもので、想二の帰還に対する絶望を煽りこそすれ、解決には何ら寄与する事は無い類の噂でしかなかった。

やがて捜査は打ち切られ、事件も噂も伝説も……そして空目想二も……次第に住民の話題に上ることもなくなり、忘れられて行った。それこそ、神隠しにでも遭ったかのように。

空目はしばらく幼稚園を休んだ。そしてある日、ひょっこりと通園を再開した空目は別人のようになっていた。

この世の全ての邪悪(じゃあく)を見尽くしたかのような冷めた瞳。

頑(かたく)なな意思を示すかのように引き結ばれた口元。

暇さえあれば一人物思いに沈み、気が付けばふらりと姿を消す。

まだ小さな子供であった空目は周囲から明確な距離を置き、もはや皆と遊ぶ事も、はしゃぐ事もなくなっていた。

事件から一月足らずの事だ。

空目はたったそれだけの間に、何十年も年を重ねたかのようだった。

背景が背景だけに、そんな空目を周囲の人間は扱いかねていたが、なぜか俊也だけはそんな空目と気が合った。合うようになった。空目が拒絶していたのは集団生活のような人間関係の強制であり、俊也も空目も必要以上に干渉し合わない関係は、望む所だったのだ。

傍目(はため)には冷たい友達関係に見えたかも知れない。

しかし、間違いなく俊也と空目は親友だった。

一度だけ、空目は言った事がある。

「僕の遭ったのは、本当に〝神隠し〟だ。想二は〝神隠し〟に攫われたんだ」

その時は、俊也は返事に困った。

「僕は、連れて行ってもらえなかった……………僕も、想二と一緒に、〝向こう〟に行きたかった」

「……………」

「本当に〝神隠し〟だったんだ。でも、そう言ったら母さんに殴られた。だから、もうこの事は、誰にも言ってない」

やがて知る事になった空目の家庭環境は惨々(さんさん)たる有様(ありさま)だった。

もともと悪かった夫婦仲は事件をきっかけにさらに悪化し、ヒステリー気味だった母親はすでに精神のバランスを欠き始めていた。

夫婦は顔を合わせるたびに壮絶な喧嘩を展開し、会社役員の父親はそれを忌避して以前から囲っていた愛人の元に入り浸った。それが原因で母親の精神状態はさらに悪化する。

悪循環が続いていた。絶望感を煽るばかりの周囲の噂は、母親をさらに追い詰めていた。捌け口のない母親の憎悪はすでに空目に向かっていて、母親は悪魔を見るような目で空目を見るのだった。そして時々、火が点いたように空目を殴った。

俊也が見ていてもお構いなしだった。

その時、半狂乱の母親は必ず口にするのだった。

「あんたが想二を殺したんでしょう！　みんな想二ばっかり可愛がるから、想二を憎んで殺したんでしょう…………！」

俊也は空目を助ける事も、慰める事もしなかった。

空目もそれは望んでいなかった。

それは互いの強さへの侮辱だった。俊也と空目の関係は、それで良かったのだ。空目が小学校に上がる頃には、両親の離婚は成立していた。

空目を引き取ったのは父親の方だった。実の所父親も空目を憎んでいたが、経済状態、そして何よりも精神状態が最悪に近い母親には養育能力なし、という判断が下されたからだった。

俊也と空目は同じ小学校に上がった。

現在、俊也が肉体的に頑健である事はよく知られ、空目が虚弱である事は周知の事実だが、その当時から俊也は強く、空目は弱かった。

しかしその間に優劣は無い。この頃の子供は腕力と権力を同一視しがちだが、俊也は同年代の誰よりも強かったにもかかわらず、その傾向が無かった。俊也に三歳の頃から空手を仕込んだ叔父は、その事を常に戒め続けていたからだった。

「一番強い奴が偉いなら、この世で一番偉いのは爆弾とかだ。本当の偉さは体じゃなくて心の強さで決まる」

空手の練習は心を強くする手っ取り早い作業でしかないと、師匠にして叔父である男は常に言っていた。肉体の強さへの自信は、心の強さを支える一番の早道なのだと。

「……一番偉いのは、いい奴じゃねーの？」

俊也はそう訊いたことがあるが、叔父は首を横に振った。

「いや、違う。いい奴も悪い奴も普通の奴も、関係なく偉い奴は偉い。ただ……」

「ただ？」

「……いい奴の方が、格好いい」

「…………ダセェ」

拳骨を喰らった。

ともあれ、それから俊也は『普通の偉い奴』になるべく、自分に対して暴力を戒める事にした。偉い奴になるのに興味は無かったが、喧嘩をするのも面倒臭かったからだ。いい奴になる気も無い。他人のために喧嘩をするなど論外だ。

「それでいいんじゃねえの？」

叔父もそう言っていた。

「ガキの主義にしちゃ可愛げがねえけどよ……」

戒めを破ったのは小学三年の時だ。

その頃の空目は当然のように苛められていた。

空目のあの性格はほぼすでに完成していたし、本ばかり読んで腕力はからきしだったので、俊也の目から見ても空目は絶好の苛めの対象だった。平たく言えば生意気なガキだったのだ。その点は俊也も同じだったが、俊也の場合は体格が物を言った。

空目は弱かったから、選ばれた。

体格のいい、粗暴な男子が周囲を率い、毎日のように空目を小突き回したり、陰湿な悪戯をしては笑っていた。

だが空目は逆らいもしないし、屈しもしない。相手を見下していたからだ。何をされても空目は無視する。殴られようが、からかわれようが、何も言わずに相手を見返すだけだった。そして何事も無かったように、奴らを無視する。

それゆえ次第に憎悪され、苛めもエスカレートしたが、空目は意に介さなかった。

相手にするほどの価値を、奴らに認めなかったのだ。

空目は強かった。

ひとたび死を呑み込んだ存在、空目恭一は何も恐れなかった。

そしてそれを知っていたがゆえ、俊也もあえて空目を助けなかった。それは非情な行為ではなく、二人の間でのみ成立する当然の事象でしかなかった。俊也と空目はそれまでの間ずっとそうやって来たのだ。

……だがある時、その気持ちが揺らいだ。

ある日、苛めを先導していた粗暴なリーダーが空目を小突いた。

それはいつもの事だった。しかしその日は虫の居所でも悪かったのだろう。リーダーは空目の冷淡な目を見て怒り狂ったのだ。リーダーは空目を二、三発殴りつけると、それでも無言で睨み返す空目を見て激怒。俊也の目の前で、椅子を振り上げて空目の頭をぶん殴った。

あっという間の出来事だった。

重症だった。

頭蓋骨を骨折し、空目は一週間生死の境を彷徨った。

戦慄した。

その時の動揺を、俊也は今でも憶えている。床に倒れて血の海を広げる空目を見て、人間は守ってやらなくては容易く死んでしまう事を知ったのだ。

空目は強い男だ。しかしその命は硝子のように脆い。

それに気づいた瞬間、俊也はその場で立ち上がり、リーダーを動けなくなるまで殴った。倒れたそいつの腹に膝を落とし、そのまま顔面を殴りつけた。

助ける事も、復讐も、空目が望まない事は分かっていた。それでも俊也はその馬鹿を殴り続けた。

自分の戒めを殴った。自分の思い違いを殴った。自分の気を晴らすため、俊也はひたすらそいつを殴った。殴って、殴って………泣きながらうずくまるそいつを見て、馬鹿馬鹿しくなって、やめた。

馬鹿を相手に真剣になった、その空しさが胸に広がっていた。

時に自殺的ですらある、空目の無抵抗の理由が判った気がした。

戦慄していた。こんな馬鹿にでも、空目ほどの男を殺せるのだ。

悲しくなった。死とは、こんなにも………

それから俊也にとって、自分の強さは空目に対する引け目になった。

2

「……ある時から空目は黒い服しか着なくなった。どうしたのか聞いたら、『喪服は黒だと知ったから』って答えが返ってきた。空目の喪は未だに明けてない。あいつは今でも〝向こう〟に行きたがってる。殺される事が、空目の潜在的な願望なんだ。あいつの半身、空目想二の存在が〝向こう〟にある限り……空目の死への志向を止める事はできない。誰にもだ」

武巳を連れて、目的の場所へ向かいながら俊也は話していた。

空目の事を、自分の事を、俊也は武巳に話した。必要を感じたからだ。

こんな事を言うと亜紀などは「傲慢だ」と怒るだろうが、もし俊也が失敗して、空目が――そしてもしかすると俊也自身も――この世から消えてしまった時。せめて空目を友達と呼んだ彼らにだけは、憶えておいてもらおうと思ったのだ。

空目という人間の事を。

こんな事を言えば彼らからも、空目からも叱られるだろう。

無論、自分でも傲慢だと判っている。しかし俊也は誓ったのだ。

友人を守る事を。空目も、武巳も、亜紀も、稜子も、俊也は自分以外の誰一人として死なせる気など無かったのだ。

「――で、村神。心当たりの人、ってのはどこに居るんだ？」

俊也の話に圧倒され、心なしか神妙な顔をしている武巳が訊いた。

校舎間の渡り廊下を大股に歩きながら、俊也はそれに答える。

「旧校舎の池。あの人はいつもそこに居るからな」

「それ……もしかして〝魔女〟？」

「ああ」

「……マジ？」

校風ゆえか、この学校にはユニークな人間が極めて多い。

そして特殊な人間が集まると、その中から名物ともいえる有名人が時々現れる。

俊也の『心当たり』は、その中でも知る人ぞ知る〝不思議少女〟。十叶詠子（とがのよみこ）という名の三年生だった。

「――――十叶先輩！」

俊也は叫んだ。

気味が悪いほど蓮（はす）の浮かんだ、裏山を見渡す池のほとり。詠子はいつもそこに立っている。

肩口まで伸ばした茶がかった髪。デニムのジャケットを無造作に羽織った、こうして見ると何の変哲も無い普通の少女だ。ぼんやりと、今は空を見上げている。しかし詠子が毎日暇さえあればこうして空を見上げ、時折思い出したように微笑みを浮かべているとなれば――その異様さは少しは判るのではないだろうか。

詠子は、俊也の呼びかけに気づく。

そして特徴的な、くるりとした大きな瞳で俊也を振り返ると、にっこりと笑ってこう言った。

「……久しぶりだね、〝シェーファーフント〟君。珍しいじゃない。君が〝影〟じゃなくて、普通の人と一緒にいるなんて」

武巳がこれ以上無いくらい、奇妙な顔をして俊也を見上げた。

俊也はそんな武巳を無視して、話を切り出した。

「相談があるんです」

詠子は頷き、興味深そうな顔で軽く首を傾けた。

＊

「────それは大変だねえ」

俊也が話し終えると、詠子は少しも大変に聞こえない口ぶりで言い、笑った。

俊也は事件のあらましを、武巳が心配するほどに残らず話した。

「……大丈夫なのか？　この人」

武巳は言っていたが、俊也は頷くしかなかった。今のところ、俊也の〝霊能者〟の心当たりはただ一人、この人だけなのだ。

詠子は〝本物〟だ。これは空目の保証だった。

去年、空目と俊也が初めてこの場所で詠子と会った時、空を見上げる詠子に向かって空目はこう言ったのだ。

「……視えるのか？　俺には匂いしかわからないが」

詠子は振り向き、破顔した。

「見えるよ。君は〝影〟だね。後ろの子は〝シェーファーフント〟。昔は〝狼(おおかみ)〟だったみたいだけど」

「……シェーファーフント？」

「シェパードの事だよ。ドイツ語なの。そっちの方がかっこいいでしょ？」

何を言っているのかわからなかった。

だがその後、詠子の噂をたくさん聞いた。

〝不思議少女〟、十叶詠子。

変人だ、気違いだ、いや本物の霊能力者だ、などと色々言われている。話によると精神病院への通院歴があるとか、詠子に霊能者を紹介してもらった人もいるとか。

「事実だろうな」

空目は断言した。

「……どの噂がだ？」

「彼女が霊能者だという話だ。だが彼女は〝霊能者〟というより〝透見者(とうけんしゃ)〟だな。しかし強力なバックがついている可能性がある」

　そう言い切った。

「彼女のものでない、匂いがするからな」

　根拠はわからない。

　だが俊也はこの時、有事の際のアドバイザーとして詠子を考慮に入れたのだ。その時から、俊也はたびたび詠子に会って、接点を維持していた。

　そしてこの日、その選択が無駄ではなかった事を確信したのだ。

「……その子は見た事があるよ」

　あやめの容姿に話が及んだ時、詠子はそう言った。

　俊也と武巳の、顔色が変わる。

「どこでですか？」

「学校でだよ。いつもその子は学校にいたよ。いつも綺麗な詩を詠ってた。そ、か、みんなは見えてなかったんだね……」

　武巳が、思わず訊ねる。

「見えてたんですか？」

「うん」

詠子はにっこり笑う。

「……私は〝魔女〟だからね」

自分が一部から狂人扱いされていると知ってか知らずか、詠子はさらりと原因となっている台詞(せりふ)を答えるのだった。

詠子の〝魔女〟は自称だ。

今この時代、霊感は信じても、魔女を信じる者はほぼいない。それでも詠子はこの世界で、自分の事を〝魔女〟と呼ぶ。

「私は、魔法は使えないよ。箒(ほうき)で空も飛べないし、黒猫と話もできない。でもね、それでも……………私は〝魔女〟なんだな」

不思議少女は言う。

この手のキャラクターには往々にして可愛ければ許される部分があるが、詠子が敬遠される理由はひとえにこの〝魔女〟ゆえだった。たとえ他人から何と言われようとも、詠子は奇妙に〝魔女〟を名乗り続けている。

『ちょっとおかしい人』

普段の言動と合わせて、詠子に対する評価はこの一言で一致していた。

俊也は気にしなかった。そんなものは〝能力〟とは無関係だ。空目を見て来た俊也はそれをよく知っている。

「……先輩。空目を取り返すには、どうすればいいと思いますか？」

俊也は訊いた。詠子は首を傾げる。

「うーん、どうだろ。私はちょっとわかんないな……」

俊也は多少、落胆した。

「そうですか……」

「でも、知ってる人には心当たりがあるよ」

「！　ぜひ教えてください」

「それは君の望みの強さによるなあ」

詠子はくすくす笑って、縋るような調子の俊也を受け流した。

「どういう意味です？」

「そのままの意味だよ。その友達はちょっと特殊なの。何でもできるんだけど、望む力が強くないと引き受けてくれないんだよ」

最初は心づけでも要求されているのかと思ったが、どうやら違うらしい。

詠子はこう言ったのだ。

「『彼』は最高の〝霊能者〟で〝透見者〟で、そして何より最高の〝魔法使い〟。とっても上手に魔法を使うの。でもね、『彼』は魔法の秘密に近づきすぎて、自分が魔法になってしまった。だからもう『彼』の力を制限するものは何もないけど、『彼』は自分の〝望み〟を失ってしまったの。魔法は人の望みを叶える力でしょ？　魔法そのものは自分の望みなんか持っていない。だから『彼』は人の願いを叶える」

俊也には、意味がわからない。

詠子は笑う。

「……いいよ、紹介してあげる。君の〝望み〟が本物なら、『彼』は間違いなく応えてくれるよ。『彼』は〝叶えるもの〟だから。ちょっと待ってね」

戸惑った顔をする俊也と武巳の前で、詠子はポケットから古い携帯を取り出した。

そしておもむろに携帯電話のアンテナを摘んで伸ばすと、その場で突然かかってきた電話を受けて、耳に当てて話し始めたのだった。

「あ、神野さん？　お願いがあるんだけど。うん、あのお店だね」

ひどい違和感に、俊也達は戸惑った。

「え……何だ？　今の……」

武巳が呟いた。俊也には答えられない。

「……じゃ、お願いしまーす」

気にする事も無く、詠子は短く話を終えて通話を切った。そのままポケットに携帯を仕舞った。代わりにポケットから、どこかの喫茶店のマッチの箱が出て来た。今時。箱は分厚く、古風なデザインをしていた。

「……大丈夫、会ってくれるって。場所はこのお店。時間は君達の自由で」

俊也は思わず、半歩ほど引いていた。

俊也の鋭敏な耳は今の通話を捕らえていた。

詠子の携帯からは、家にあるファックスが来た時に聞こえるような。甲高い発信ノイズしか聞こえなかったのだ。

詠子はマッチ箱を差し出した。

受け取るのも忘れて立ち尽くす俊也に、詠子はにっこりと微笑むのだった。

3

喫茶『無名庵(むみょうあん)』は、繁華街を外れたビル街の路地裏にあった。

マッチ箱の裏に描かれた地図を頼りに、羽間駅からしばらく歩き、古ぼけたビルを脇へ。ビルの裏口ばかりが並んでいるその路地に、店は一つの異物のように瀟洒(しょうしゃ)な姿を埋没させていた。

客はいない。

ドアを開けると、かろん、とベルが音を立て、

「いらっしゃい」

とマスターの低音が二人を迎えた。

「……コーヒー二つ」

一瞬、武巳が何か言いたげにしたが、結局何も言わない。マスターは頷き、無言で用意を始める。俊也と武巳は席につく。多少愛想に欠けるが、雰囲気は悪くない。だが何となく空気が重いのは気のせいだろうか。

店内は静かに音楽が流れている。

古いレコードなのだろう、その曲はスクラッチ音ばかりが耳に残る。

ヴィオルだろうか、その楽器が奏でる曲は、全く聞いたことが無い。しかし、掠れた曲をよく聞けば、意外に激しい調子でかき鳴らされているのが判った。レコードの古さと抑えられた音量が、元の曲を完全に殺してしまっているのだった。

俊也は聞くのをやめる。

気のせいか、ふとその流れる旋律が、ひどく禍々しいものに聞こえたのだ。

「……本当に来るのかな？」

武巳が口を開いた。

「さあな」

俊也は答える。今は詠子からマッチを受け取った、その日の放課後だった。

詠子は場所は指定したが、時間はこちらの自由でいいと言った。そして学校からの所要時間を目算する俊也を、詠子は制した。

「いいよ、君達は行くだけで。時間なんか『彼』には関係無いんだから」

待ち合わせの時間を、結局詠子は指定しなかった。

その上、店を探すのに少々手間取り、今はもう夕方六時を過ぎている。

だから、今この時間。二人がこの店にいるのを知っているのは、当の二人だけだ。

「……マスターが霊能者、っていうオチじゃ」

「訊くのも失礼だなそれは」

俊也はそう言ったが、考えてみると、有り得ないわけではない気もしてきた。こんな妙な場所にある客のいない喫茶店の経営が、成り立っている気がしない。兼業で霊能者というのは考えられる。

「どうぞ」

コーヒーが運ばれて来た。闇色をした、カップの中身が波打つ。

マスターは何も言わずにカウンターに戻った。やはり違ったかな、と俊也が思ったその時、不意にレコードの音楽がブツリと途切れて、スピーカーから流れるスクラッチノイズが急に甲高い耳障りなものに変わった。

針が外れたのだろうか。

「おやおや」

マスターが呟いて、腰を上げる。

その様子に、俊也と武巳が、ちら、と目を。

「……それでは幻想と願望、そして宿命についての話を始めようか」

がたーん！　と武巳が椅子から転げ落ちそうなほどのけぞった。

心臓が飛び上がった。突然目の前から声が聞こえたかと思うと、俊也の目の前、武巳の隣に、一人の黒ずくめの男が座っていたからだ。

カウンターの方へ目をやった、その瞬間の事だった。

視界から外れた一瞬の死角に、男は突然、その姿を現したのだ。

気配も音も、しなかった。

長い黒髪。白い貌。小さめの丸眼鏡の向こうから切れ長の黒い眼が覗き、身を包んだ漆黒のコートはぞろりと長い。座っているのでよく判らないが、それはまるでマントのようだ。まるで、明治や大正時代を扱った映画か何かの扮装のよう。真っ白なシャツの襟には、ご丁寧にもネクタイではなく黒い紐が結ばれている。

男は笑った。

男の薄い唇は両端へ向けて引き伸ばされ、嘲笑うかのように歪んでいた。ひどく、いや、酷く……楽しそうな笑みだった。

男はどことなく、空目に似ていた。

配色が似ているだけではない。それ以前のもっと本質的な……そう、心の闇のような部分が似ているのだった。身に纏った雰囲気が、見る者の心を凍らせるのだ。

だが、空目は笑わない。

そのせいか俊也には、この男の笑みが、やけに歪なものに見える。

「あなたが…………神野さん？」

「その通り。私が神野陰之。君達の認識で言う〝霊能者〟だ」

神野は答えた。

そして唐突に、二人に訊いた。

「君達は……『超常現象』と呼ばれるものを信じるかね？　信じないかね？」

俊也と武巳は顔を見合わせた。

「えー……」

そして武巳が何か言おうとした。それに先んじて、俊也が答える。

「どちらでもありません」

それは空目を救うのは自分の為すべき仕事だと思っていたからだった。だからこそ、ここの主導権は俊也が取らなくてはならない。

武巳は言いかけた言葉を引っ込めた。

神野は俊也の答えに目を細めた。

「ふむ、智者の答えだね。では君は世界という物が、たった二つの要素によって構成されていると感じた事はないかね？　すなわち――『出会い』と、『別れ』に」

「詩的すぎて理解できません」

「明快だね。君は優秀な〝戦士〟の素質があるようだ。だが〝狩人〟には向かないね。優秀な〝狩人〟ならこう答える。『否。出会いと別れは同一のものだ』、と」

神野はくつくつと笑った。

武巳は理解できない、という表情をしていた。俊也も同じだったが、ここは気にしない事にした。対話は始まったばかりなのだ。

俊也は言った。

「……何でも構いません。俺の知りたいのは空目を助ける方法です」

「宜しい。では宿命の話はここで終わりだ。次は幻想の話に移ろう」

神野はテーブルの上で腕を組み、顎を乗せた。

「幻想ですか」

「そう、幻想だ。残念ながら願望の話には移れない。『私』がここに現れたのは君達の願望のためではない。君達の宿命に興味があったからだ」

「協力はできない、と。そういうわけですか？」

俊也は小さくため息をつく。

神野は首を横に振る。

「知識は必要だろう？　知識は運命に手を加える唯一の武器であり、方法だよ。『私』は君達の『物語』に興味を持っている。君達が自身の運命をどのような形で紡ぐのか、大きな好奇心をもって見ている。君は方法を知りたい、と言ったね。だから教えてあげようと言うのだよ。君達が〝魔王〟と呼ぶ少年と、人が〝神隠し〟と呼ぶ少女、そしてそれに関わる全ての運命に君達がいかなる結末をつけるのか……『私』はとても、見てみたくなった」

俊也は眉を顰める。まだ何も、神野には説明していない。なのにどうして空目や、あやめの事を知っている？

「……十叶先輩から聞いたんですか？」

俊也は訊ねる。

神野は答えない。そして静かに、話を始めた。

「それでは幻想の話だ。知っていたかね？　この世界は常に、〝向こう〟側からの侵略を受け続けているのだよ。

……ふふ、そんな嫌そうな顔をする事は無いだろう。平易な表現を使ってみたのだが侵略という言葉は気に入らなかったかね？　確かに安っぽい物語に聞こえるかも知れないね。

より正確に表現するならば〝同化〟〝取り込み〟〝侵食〟……まあそんな言葉が適切だろう。実際『彼等(かれら)』はそういうものでしかないのであって、侵略などという意識は全く無いには違いないのだから」

神野は語る。突然の荒唐無稽な話。

だがそれ以前に、俊也の背には怖気(おぞけ)が走っていた。

神野の声が、言葉が、それが禁断の呪文でもあるかのように禍々しく、どろり、とした響きで聴覚を満たしたからだった。それでいて、その声はひどく甘い。どろりと粘りつく、毒薬の甘さだ。

「〝向こう〟の世界は常に我々の隣にある。それは『異界』と呼ばれ、何時でも〝こちら側〟と繋がろうとしている」

神野は笑う。どろり、と。

「そう、それが『異界』による〝侵略〟だ。誰も知らず、誰にも気づかせず、この世界は徐々に『異界』に喰われている。そこの君なら経験済みではないのかな？　遙(はる)かな昔から、人類はあれと戦い続けて来たのだよ。信じられるかね？」

そこの君、と目を向けられた武巳の顔が引き攣った。あの吸い込まれるような瞳と目が合ってしまったのだろう。その表情から、武巳の感じている不安と恐怖がダイレクトに伝わって来る。

「………」

武巳は助けを求めるように目をそらした。

そして代わりに、俊也が睨むように神野を見た。

今までの発言。それが嘘か、冗談か、妄想か、それとも真実なのか。神野の表情からは全く判断できない。

「……信用できない、という顔だね」

神野は俊也を見て、言う。

「信じる必要は無いとも。喜捨、信仰など、その種のものを『私』は要求しない。〝霊能者〟という区分は君達の認識であって、正確に言うならば『私』は霊能者などではない。これは商売ではないのだからね。『私』はただ説明するだけ。話は長くなるが、先を聞くかね？」

俊也は、頷くしかなかった。

寄る辺の無い事を知っているのか、そう俊也に問う。

「宜しい……では、続きだ」

神野も応えて頷いた。

「『彼等』、すなわち異界の存在が〝こちら側〟に出現しようとする理由は、一切不明だ。理由はあるのかも知れないし、無いのかも知れない。『彼等』は存在そのものが人類にとって理解不能の代物。『彼等』は人類にとってあまりに異質、かつ高次元であり……それゆえ『彼等』

はいつでも我々の近くに居るが、普通の人間には全く見る事ができないのだ。

　高等数学の数式は、その意味を理解できない者にとっては単なる記号の羅列に過ぎないね。それと同じで、同じ物を見ているにもかかわらず……一部の選ばれた人間だけが、同じ景色の中から『彼等』を見出す事ができる。数式の意味を知る事ができるのだよ。『彼等』を視る事ができるのは、そんなごく一部の人間達だけなのだね。

　そしてこの場合……その才能の事を君達は『霊感』と呼んでいる。異質な存在を理解し得る、広大無辺な想像力を持った者だけが『彼等』を視る事ができる。もっともそれが幸せな事だと言えないのは、君達も知っての通りだ」

「……貴方もその、不幸な人間の一人だとでも？」

「ふふ……さあ？　どうだろうね――――

　ともかく『彼等』は、普通の人間には知覚する事ができない。そして『彼ら』は不思議な事に、自分達を知覚できない者には手出しをしない。そういう規則でもあるのか、自分達を理解してもらおうとしているのか、それは判らない。もしかするとただ単に手出しができないのかも知れない。理由は不明だが……少なくとも『彼等』は、自分達を認識させない事には我々を攻撃する事もできない。よって『彼等』の侵略は、まずそこから始まる事になる」

「……」

「その為の手段は数多いが……ここではその内の二つを取り上げよう。

一つを『私』は〝奇譚化〟と呼び――もう一つを〝取り込み〟と呼んでいる。どちらも代表的な、『彼等』の手段だよ」

神野はそう言って妙に長い人差し指を立てると、芝居がかった動作で、くるりと宙に輪を描いた。

4

「……人間というのは面白い生き物でね、たとえ目に見えず、証明すら不可能なものであっても、知識として体系立てる事で容易に共通の認識にしてしまう事ができる」

神野は言いながら、テーブルの上に腕を組み直した。

俊也は訝しげな顔をする。話の展開が読めない。

「例えば『原子』。この地上に存在する全ての物が、原子という微小な単位で構成されている事は周知の事実だね。しかしその事実を知る者の内、一体どれほどの人間が『原子』をその目で見、確認した事があるだろう？ ……君はどうだね？『原子』を見た事があるかね？ 無いだろう。微小すぎて想像力すら超えていると言える。それでも君は全ての物体が原子で構成されている事を知っている。

例えば『宇宙』。宇宙は膨張している。しかし宇宙の膨張を観測できるほどの装置は世界に数えるほどしかない。それを見た事のある人間に至ってはごく一握りだ。それでも君達はその一握りの観測を元に、宇宙が膨張している事を常識としている」

「……何の話をしてるんです？」

「わからないかね？　これが〝奇譚化〟というものだ。

例えば君達は『怪談』というものをどう思っている？『幽霊』『心霊』『怪異』『妖怪』『変化』……これら様々に呼ばれる事物は、科学的に証明できない者達の代表とも言えるね。しかし君達は知っている。狐狸(こり)妖怪が人を謀る事を知っている。心霊が人に祟(たた)る事を、怪異が人を害する事を、君達は知っている。事実かどうかも判らない、これらの事象を君達は共通の認識としているわけだ。

『彼等』はそれを利用して人間の意識に侵入する。『物語』と化す事で、『彼等』は人に自分達を認識させる。自身が『物語』の内容に左右されてしまうという欠点こそあるものの、餌場の選択肢を増やす意味ではこれは非常に有効な手段だ。人間の想像力を遙かに超えた『彼等』の片鱗(へんりん)を、人は怪談や都市伝説として〝識って〟いるのだよ。

例えば〝神隠し〟などは、どうかな。知らぬ間に人を異界へと引き込む存在。いかにも『彼等』が好みそうではないかね……？」

ぞく、と俊也は悪寒を感じた。

それは――――

「それは、『彼女』がそう、だと？」

「ある意味ではその通りだ。しかし正確には違う。『彼女』は確かに〝神隠し〟そのものだが、その来歴と本質において『彼等』とは別の存在だ。何故なら……『彼女』は異界に〝引き込まれて〟しまった。唯の人間に過ぎないのだからね」

「…………！」

「〝奇譚化〟は、霊感者の体験が言葉となる事で行われる。そうして『彼等』をそういうものだと認識した者の元に、『彼等』は現れるわけだ。しかし怪談の大半は単なる怪談に過ぎないし、言葉は表現としてあまりに限定的だ。言葉では『彼等』の片鱗のごく一部しか表現するに至らないのだね。これでは共通の認識の種にはなれど、あまりに弱い。よって……『彼等』は次の段階へ進んだ。霊感者を異界へと取り込み、その人間を『彼等』と同じ存在に変えてしまうという実験だ。

これが〝引き込み〟。人間が突如として消失、または変質するわけだから、これは往々にして〝奇譚化〟と同時に行われる。〝神隠し〟伝承もその一例に過ぎない。いかなる刻を生きていた人間かは知らないが、『彼女』は『彼等』に取り込まれる事によって霊感者にしか知覚できない体となり、共に行動する人間を徐々に異界へ〝引き込んで〟ゆく存在になってしまった。そして『彼女』は現れるのだね。〝神隠し〟の伝説によって、『彼女』を認識する者の元へ。

つまり『彼女』は人間であると同時に、もはや『彼等』と同じ都市伝説中の存在でしかないというわけだよ。人間の心を持ちながら、永遠にその為だけに存在する『彼等』と同じモノ。どうだね、少しは『彼女』という存在(モノ)に理解が及んだかな？」

沈黙が降りた。

レコードから流れる、砂の流れるようなスクラッチノイズが、静かに店内に広がってゆく。

「……だが……『彼女』は俺も、皆にも視えたぞ？」

俊也は言った。

「それは大変良(よ)い着眼点だ」

人差し指を立てる神野。

「そこが人間を〝変質〟させる事の大きな利点でね。『彼女』は『彼等』であると同時に『人間』だ。『彼女』は人間と交わっている間は、あくまで人間なのだよ。

つまり……『彼女』は通常知覚不能の存在だが、一度霊感者や認識者に出会うとその人物を媒介にして他の人間の認識に入り込む。人間は出会って会話すれば、親しい者同士なら特に、その間に不思議と共有した認識を感じるものだ。その共有している認識を伝って、『彼女』は一種の〝感染〟を起こすのだね。あるいは〝中継〟と言ってもいいだろう。『彼等』という暗号のような存在を、霊感者が分かりやすく翻訳して中継してしまうわけだ。

そうだね、極限まで解り易(やす)く言うと『紹介されれば見えるようになる』といった所かな。あくまで人間であるという属性を持つ『彼女』は、純正の『彼等』に比べて遙かに見やすいのだ。そうやって『彼女』は、人々の間に知識としての『伝説』を広げてゆくわけだよ。来るべき、『彼等』の侵略の刻の為にね」

「それでか……！」

俊也の中で神野の話と、最初にあやめを見た時の違和感が繋がった。

決して信じているわけではないが……少なくとも神野の話す事は、俊也の知る事実とは矛盾しない。

だが……

だとすると、空目を消そうとしている、あの人間(ヒト)ではない少女は…………

「だとしたら…………あいつはただの、被害者だって言いたいのか？」

睨みつけるようにして、俊也は言った。

「加害者であり被害者、だ」

神野の笑みが、大きく広がる。

「『隠し神』に変質した人間を、最初に待っているのは絶対的な孤独だ。呼ぼうが、叫ぼうが、誰も自分に気が付かない。突然そんな世界に放り込まれる。

気が狂いそうなほどの孤独、人恋しさ……そんな所に自分を認識できる霊感者が現れるわけだ。それは一時的な安らぎをもたらすだろう。ともすれば、その霊感者の周囲の人間とも触れ合う事ができるやも知れない。

　だが、〝変質〟した人間は、もはや怪異とでも呼ぶべき存在に変わっている。その中で最も親しくなった人間を、『隠し神』は徐々に異界に取り込み始める。意思など関係無い。抵抗も不能だ。速やかにその人間は現界から切り離され……そう長くない時の後に、出逢ったばかりの友人は異界へと喰われてしまう」

「空目は……喰われた人間は、どうなる？」

「さてね。同じように〝変質〟し、異形の物語の住人となるのかも知れない。異界の狂気に巻き込まれ、魂が四散し消滅するのかも知れない。異界を彷徨う、永遠の旅人になるのかも知れない。運が良ければ異界で二人、永遠に停滞した物語の中で暮らす事もできよう。だがそんな希望すらも、ほぼ皆無だ。一度『異界』に取り込まれれば、人間はほぼ確実に死者か化生に変わる。例外は無し。待つのは等しく、別離の悲嘆と絶望的な元の孤独。また一欠片の魂を削り、『隠し神』は、罪と孤独の無限回廊へと戻される事になる。消失か、発狂か、何らかの終わりが来るまでね」

「……それは………」

　聞くに堪えない、といった表情で、武巳がうめく。

　俊也はぎし、と拳を握り締めた。

「だったらどうした？　同情して、空目をくれてやって穏便に帰してやれとでも？」

「まさか」

くつくつと、神野は笑う。

「君達は突然現れた見知らぬ男が話す、こんなわけの分からない戯言(たわごと)を聞いただけで、目的を取り下げるのか？　友人の生存を諦めるのか？　それでは『私』が現れた意味が無い。『私』は何も求めない。『私』は何も期待しない。『私』は君達に、知識と、手段と、そして幾許(いくばく)かの葛藤を与えるだけだ。君達は君達の思う所を為したまえ。君達の物語を紡ぎたまえ。それが唯一、『私』が君達に望む事。たとえ……」

神野は俊也の目を覗き込み――

「たとえその為に、他の何者を殺す事になろうともね」

そう言って、笑った。

「もっとも『彼女』はすでに怪異。人間が『彼女』を殺す事は、もはや不可能に等しいがね。これだけは忠告しておくよ。怪異に手を出せば、ただでは済まないのは、人間の方だ」

神野は笑っていた。

底なしの黒い瞳が、俊也の全てを見透かすように嗤(ワラ)っていた。

俊也の肌が一斉に粟立(あわだ)った。

これは……

この感覚は……

この禍々しい、魂が吸い込まれるような抑えがたい感覚は…………

「……それでは狂人の講義はここでお終(しま)いだ」

俊也がその感覚、〝恐怖〟を知覚したとたん、それは神野の言葉と共に霧散した。

「以上の話を信じてはいけない。ただの冗談なのだからね。冗談も、禁断の知識も最終的には人間を不幸にする点でよく似ている。稀(まれ)に同じ物である場合もある。では……長い話の礼ではないが、最後に君達に〝手段〟を贈って『私』は消えるとしよう」

俊也は自分の額に、汗が浮かんでいるのに気づいた。

何だ、今のは？

動揺を押さえつける。

呑まれていた。完全に、神野の言動に呑まれていた。

俊也は神野を見る。神野は何事も無い風で、ゆっくりと目の高さまで右手を上げた。

「さて、君達は消えてしまう人間を救いたいのだと言ったね。本来ならば物が消えるのを防ぐには、目を離さなければ良いというのが自明だ。だが人間の眼(まなこ)は二つしかなく、闇を見通せる猫の目でもない以上それは難しいと言える。その場合……そう、例えば飼い猫がすぐに居なくなるとしたら、君達はまずどのような対策を立てるかね？」

俊也は少し考える。少し、神経が落ち着いた。

「……鈴を付けます」

「正解」

りん、と魔法のように、神野の手の中から鈴が下がった。

「鈴を付ければ、見失った猫の居場所が分かるという道理だね。……まあ、今から君の探し人に鈴は付けられまいが、少なくともこの鈴は君を導いてくれるだろう。呪具のようなものだ。そして灯火でもある。受け取りたまえ」

「……」

困惑。俊也が一瞬躊躇した、その隙に武巳が鈴を受け取っていた。

りん、

と鈴が武巳の手で音を立てる。

ずっと俊也を主体に話が行われたので、武巳は何となく不満に思っていたようだ。ここぞとばかりに武巳は鈴を玩ぶ。

「……あれ？」

そして不思議そうな声を上げて、鈴の中を覗き込んだ。

「鳴らないぞ？　……あれ？　玉が入ってない。え、何で？　さっき鳴ったのに」

「本当か？」

「本当だよ。この鈴、中身が空っぽだ」

武巳は不思議そうに首をひねった。

神野はただ、それを見て目を細めた。

「……それでは『私』の役目はここで終わりだ」

神野は立ち上がった。

「もし探し人を見つけた時は、今度こそ目を離さぬ事だ。〝神隠し〟は目を離した隙に現れる存在(モノ)なのだからね」

神野の纏う闇色の上着が、ずるりと床へ伸びる。それはやはり、マントだった。マントという物には神秘性の象徴としての意味があると、確か空目が言っていた。マントはその中に、秘密を隠す物なのだと。

間近で見ると、その色は黒色と呼ぶにはあまりも複雑だった。

夜色(よるいろ)の外套(マント)をかき分け、白い神野の手が伸びている。

手は真っ直ぐに、二人を指差した。

「いいかね？」

神野は笑う。

「目を離すと………見たまえ。こういう事になる」

そう言うと、す、と神野は二人に向けた手を動かし、彼方(かなた)の方角を指差した。

その方向にはカウンター。

マスターが一人、レコードを手に取っている。

こちらを向いた。そしてただならぬ表情で二人が睨んでいるのを見て、

「?」

とマスターが首を傾げた。

ただ、それだけだった。何も無い。

「?………何も無いじゃ……」

俊也は言いながら視線を戻した。

絶句した。

何も居なかったのだ。

俊也が、武巳が目を離した隙に——————神野は、その一瞬の間に、何処かへと消え失せてしまっていた。動く気配も、足音の一つもしなかった。神野が立っていたはずの場所。そこには始めから誰も居なかったかのような、空気も動かぬ静寂が広がっているのだった。

『……見たまえ。こういう事になる』

記憶の中で、神野が嗤った。

そしてその記憶すらも………俊也の中で見る見る失われ、もはやその貌すら思い出せなくなっていた。声。容貌。強い印象は残っているのに、その細部は霞がかかったように記憶が曖

味になって行った。

後に残ったのは、武巳の手の中の鈴だけだった。

もはやそれだけが、神野と会った事を証明する唯一の確かな物だった。

「村神……」

武巳が呟くように言った。

「おれ、夢見てるのかな……？」

俊也は少しだけ考えた。

「…………いや」

四章　魔狩人はかく語る

1

「……うー、やっぱり四月はまだ寒いねえ」

稜子が歩きながら、春物のコートの襟を合わせた。

「そだね」

答える亜紀も、ポケットに手を入れたまま。

羽間市市街のやや外れ。春風が、実は身を切るものなのだと今さらながらに実感しながらの道程。亜紀と稜子は病院へと向かっていた。夕方はすでに過ぎ、夜は刻々と、しかも相当に深まっている。そんな時間帯だった。

七時五分。通常の診療時間などとうに越えている。稜子にも、今日は亜紀の部屋に泊まると外泊の電話を入れさせた。亜紀が電話で保証すると、許可はあっさりと降りた。他の学校の寮ならこう簡単には行くまい。こうなってみると仕方の無い事とは言え、単独行動を禁じた事が疎ましく思えてくる。

羽間は市街地を外れると、急速に田舎になる。家よりも田畑や林のほうが目立ち始めた夜道は暗く、事実として女の子の二人歩きには少々危険だ。

「……まさかこんなに遅くなるとは思わなかったね」

「そだね」

「徹夜になったらちょっとやだな。明日が土曜でよかったねえ」

「そだね。悪いね、つき合わせて」

「いいって。実はね、ちょっとだけ楽しいの」

「……あ、そ」

呆れたように言って、亜紀は少し歩みを速めた。

＊

本当は、こんなに遅くなるつもりはなかった。

俊也と協働の約束を取りつけたその日の放課後、亜紀は初め大学近くにある修善寺(しゅぜんじ)へと、稜子を連れて向かったのだ。

修善寺は聖創学院大から徒歩十分足らずの場所に位置する真言宗の寺院で、ほぼ同じ山の中にあると言っていい、言うなれば大学のお隣さんだ。また大学と付属高校は隣り合っているので、当然高校からも近い事になる。

成立はそう古いわけではないらしく、古く見積もっても江戸時代がせいぜいだ。亜紀などは幕府が支配政策のためにわざわざ造ったのではないかと思ってしまう。だが造りで言うなら、住職が寺そのもので寝起きしている所など、案外硬派だ。普通は住職と家族の住居として家屋が併設されたりしている場合が多い。

「物の怪の害に遭った時、最初は寺社に頼るのが普通だろうね。次が拝み屋で、最後が新興宗教。最後はちょっと、末期的だけどね」

亜紀は稜子にそう言って、とりあえず行ってみるような風を装っていたが、実はこれは何の根拠も無いわけではなかったりする。というのも、羽間の周辺にはどういうわけか『憑き物筋』が多いらしく、その害に遭った時に駆け込む場所の一つが修善寺だったらしいのだ。

『憑き筋』とは、乱暴な定義をすれば家系に何らかの霊物を宿す家の事を言う。

それは『犬神』であったり、『猿神』であったり『蛇神』であったりするが、正しく祭れば家に富をもたらし、おろそかにすれば害をなすなどと言われている。

これらの霊物はその家の血筋の者に、望むと望まざるとに関わらずついて回る。そして『憑き筋』の者の害意や妬みに反応し、たとえ宿主が望まずとも相手やその縁者に取り憑いて、害を与えるという。

　昔はこのように言われる家が、しばしば見られた。そして取り憑いたそれらの霊物を落とすため、かつては祈禱を行う役目の者がいたらしいのだ。その役目の一部を、羽間では修善寺が負っていたという事らしい。全て空目の受け売りだ。

　ともかく、そういうわけで亜紀は最初の当てとして修善寺を選んだのだった。もっとも半信半疑で、適当な説教や形ばかりの祈禱を行うようならば、すぐに帰るつもりでいたが。

　用件を言うと、住職はあっさりと会ってくれた。

　しかし出て来た若い住職を見て、亜紀は瞬間的に「ハズレ」だと思った。オールバックに袈裟を着て、袖からロレックスが覗く住職では。

「ようこそいらっしゃいました」

　にこやかに出迎える住職に、反射的に「結構です」などと言いそうになって、亜紀は慌てて踏みとどまった。こういう時には真性の毒舌家は、つらい。

　住職は基城と名乗った。

　僧侶というより袈裟を着たヤクザに見える基城は、亜紀が仕方なく話した『少女の姿をした幽霊と思しきモノ』の話に強く興味を持ったようだった。

「詳しく話してもらえますか」

と促す基城に、

「興味本位ならお断りしますが」

と亜紀は応じたが、

「興味本位の奴は『はい、興味本位でした』とは言わんでしょう」

と笑って基城に答えられた。言外に無意味な質問だと。

意外に思った。

そして基城に対する評価を少しだが改める事にした。少なくともこの男は馬鹿でも嘘つきでも、特に親切ぶった偽善者でもなさそうだと。親切そうな態度の中に好奇心を押し込んで、最終的に全く役に立たない類の人間を亜紀はことのほか嫌っている。基城は好奇心がある事を否定もしなかったし、「何かお役に立てるかも」というお決まりの一言も言わなかった。話したければ話せ、そう言っている。

曲者(くせもの)だ。

「……分かりました」

亜紀はとりあえず、この住職に詳細を話してみる事にした。どちらにせよ、駄目で元々ではあったのだ。

「……」

基城は亜紀の話を黙って聞いた。

笑ったり、否定したりする事も無ければ、感想や所見を述べる事もしなかった。肯定もしない。ただ口を開く事があれば、さらに詳しく、部分部分の詳細を訊ねる。

それも「その時どんな気分だったか」「何か変な感じはしなかったか」など、主に現象とは関係無い部分ばかりを訊いてくる。何となくだが、カウンセリングのマニュアルか何かを読んでいるような印象を亜紀は抱いた。

稜子が話す、例の奇妙な「体験」に関しては、その質問傾向はより顕著だった。いちいち現象に対する、稜子の心理的、生理的反応を詳細に質問する。これでは住職というよりも医者の対応に近い。

亜紀達が一通り話し終えた時には、すでに時刻は六時半になっていた。寺に到着したのが五時半ごろだったので、正味三十分ほどの話が、基城の質問によって倍になった計算だ。

姿勢を正して話し続けた、その事による溜息が出るような疲労感があった。

話し疲れた亜紀達に、基城は緑茶を煎れてくれた。

基城は笑った。

そして、

「最後に質問を三つするから、答えてもらえるかな?」

と言って、探るような視線を向けた。

顔は笑っていたが、目は少しも笑っていなかった。その頃には、亜紀はこの男が本当に僧侶なのかを疑い始めていた。

亜紀は答えた。

「……いいですよ」

「では質問その一。君達はその……空目君だったっけ？　その彼が消えてしまった事に何かの理由とか、原因とか、因果とか、そういうものに心当たりはないかい？　できればその根拠や証拠も」

亜紀と稜子は顔を見合わせた。

「…………原因は、『彼女』かねえ。証拠は無いけど」

「うん、証拠は無いよね」

「じゃ、空目君が『彼女』に取り憑かれた、その理由はある？」

「……わかりませんね」

「因果の方は？」

「具体的にどういう意味です？」

「例えば……彼が何か悪い事をしたから祟りを受けたとか、誰かに恨まれて呪いをかけられただとか」

「……確定的なものは、一つも」

「なるほど、わかりました」

基城は一瞬、宙を睨んで何事か考える。

「……では第二の質問。その『彼女』なんだけど、そういう『人を連れて行ってしまう幽霊』の噂を君達の身辺で聞いた事は無いかい？　もしくは本で読んだとか、空目君がそういう話を知っている可能性だとか、そんな小さな心当たりでもいい」

「…………噂は……何も」

亜紀はそう言って、やや言葉を濁した。本当に残らず喋っていいものか、疑念にとらわれたのだ。全面的に信用するには、この男は得体が知れなさ過ぎる。

しばし悩んだ。

だが、結局話す事にした。毒はもう喰ってしまったのだ。皿だけ残す意味は無い。

亜紀は言った。

「……本の方なら、心当たりがあります」

「ほう」

期待していなかったのか、基城はやや感心した声を上げた。

「書名や著者はわかります？」

「大迫栄一郎、『現代都市伝説考』」

「………ああ、それは本物だ。よく手に入りましたね。希少本のはずなんですが」

「知ってるんですか？」

基城は曖昧に笑った。否定はしないが明言は避ける、そんな態度だ。ただし、態度だけで、その頭の中には確実に何かの確信を積み上げている。最初からずっと、この男は何一つ明言せず、思わせぶりな態度で一貫しながら何かの確信を持っている。

「……現物は君の所蔵品で？」

「いえ、例の空目の蔵書です。コピーは持ってますが」

「コピーはそれ一枚だけ？」

「はい」

「預かっても？」

「ええ、構いません」

「それではお預かりします」

基城はコピーを受け取り、そして二人のお茶を煎れ直すと、

「少し用がありますので待ってて下さい。その後で最後の質問にしましょう」

そう言って、立ち上がった。そして襖の向こうへ消えていった。

稜子が緑茶を啜る音が、線香臭い空気を振動させる。

亜紀が耳を澄ますと、基城は何処かへ電話をかけているようだった。

しばらく二人とも黙っていた。基城の電話は終わったようだが、まだ戻って来る気配は無かった。

稜子は呟いた。

「……遅いねえ」

「そだね」

「……何してるんだろうね」

「知らないけど、油断しちゃ駄目だよ」

「え、何で？」

「多分あの人、ただの住職じゃない」

「何で？　ロレックスが？　あんなの普通だよお。うちのおじいちゃんのお葬式、お坊さんがベンツに乗って来てたもん」

「……そうじゃなくてね」

稜子の能天気さに呆れ、亜紀は自分のこめかみに手をやった。

「あの人質問したりする間、ずーっと私らの顔を観察してたんだよ。人の目を見て話すとか、そういうレベルじゃなくてね、私らの顔を見ながら何度も視線が移るの。表情を観察してたんだよ。あれは人の嘘とか、心理状態を見破ろうとする時の目線だよ」

「え、そうなの？」

「そうなの。しかも素人じゃないよ。要点をきっちり押さえた、訓練を積んだ人間のやり方。……ああいうやり方は、普通カウンセラーとか刑事とかの専売特許なの。坊さまの使うスキルじゃないんだよ」

「え？　じゃあ……」

「本物か偽者かは知らないけどね、あれはただの坊さまじゃないの。お経が読めるだけの葬式成金(なりきん)だと思ったら、足掬(あしすく)われるかも知れないよ」

「亜紀ちゃん……そういう事はもう少し小さな声で言ったほうが………」

亜紀の強い調子の声に、稜子は基城の消えた方の襖を心配げに見やった。聞こえていないか心配している様子だ。亜紀も黙って耳を済ませた。聞こえる距離に、基城が居たかはわからなかった。

「……そだね」

これ以上稜子の不安を煽っても仕方が無いので、亜紀は声を落とした。

もっともこれは不注意ではなく、わざと聞こえるように言ったのだが。

こちらが警戒していると知れば、基城もそんなにふざけた真似(まね)はしないだろうという目論見だった。効果があったのかは窺い知る事もできないが、基城はもうしばらくして姿を現した。

「お待たせしました」

そう言って座り、今までとは少し違った笑みを二人に向けた。

そして言った。

「ところで最後の質問ですが……お二人はどうしてこの相談を、修善寺に持ち込もうと思ったのですか？」

質問には亜紀が答えた。

「霊験はあると聞いたからです。少なくとも昭和の頭ごろまで、憑き物落としの実例が残っていると文献にありました」

「……それはそれは。よく見つけましたね、感心します」

基城は本気で感心していた。実の所亜紀も同様だ。この事例の載っていた文献は、亜紀が見つけたわけではなく空目の蔵書の一つだったのだ。

基城は袈裟の袂に手を入れた。

「それではこの修善寺の、霊験の正体をお見せしましょう」

そう言って、勿体ぶった動作で何かを取り出す。

一体何が、どんな怪しい物が出て来るのかと亜紀は身構えた。しかし出て来たのは何の変哲も無い、ただ一目で印象に残るほど強い黄色で塗られた、二枚のプラスチック製カードだった。

きょとんとして、亜紀は訊いた。

「……何です？　これは」

「ですから霊験の正体です。この件は『本物』である可能性が高いですので、お二人にはここへ行ってもらう事になります」

「………怒りますよ」

しれっと答える基城に、亜紀は剣呑な声を出した。

二枚のカードは病院の診察券だった。無記名で番号が印刷されている。書かれている病院名は『財団法人・内陣会病院』。

稜子は軽くショックを受けた顔をしていた。当然だろう。内陣会病院は地元の、特に年配の住民の間で「内陣さんに診てもらったら？」といったタチの悪い冗談に使われるほどの知名度がある、大きな隔離式の精神病院なのだ。

「……帰るよ、稜子」

立ち上がった亜紀を、基城が慌てて制止した。

「あ、違う違う。少し待ちなさい」

「どの辺が違うのか、私には少しも見当がつきませんが」

立ったまま、亜紀は基城を見下ろす。

「だからね、まあ、聞きなさい。本来あそこの診察券は白いんだ」

基城は弱った顔をして、言った。

「……内陣会病院にはね、この種の相談に乗る専門部署がある。この黄色の診察券はそこ専用の物なんだ。信じなくてもいいから、とりあえず受け取ってみないかい？　診察券さえあれば二十四時間、いつでも相談に乗ってくれるから。……もちろん早いほうがいいんだけどね。その空目君が、手遅れになる前に」

二人にカードを差し出す。身構える二人。基城は苦笑する。

「……大丈夫。騙して病院に行かせて即入院、なんて事は絶対ないから。同意なしの強制入院には知事とかの許可が必要なんだよ。しかもひどく暴れるとか、危険な場合のみだ。君達は間違い無く正常だから安心していい」

「…………」

亜紀は基城のやったように、相手の表情を観察した。もちろん当てつけだ。基城はすぐに気づく。

「弱ったな……」

基城はカードを差し出したまま首をかしげた。

どうすればいいか、明らかに困っている様子だった。

沈黙が降りる。

亜紀は、ふっ、と笑みを浮かべた。そして突然、基城の手からそれらのカードを取り上げると、一枚をそのまま、稜子の手に押し付けたのだった。

「え？」

突然の事に、稜子は驚いていた。もちろん基城もだ。

亜紀はふっと笑った。

「高校生だと思って甘く見ましたね。交渉のやり方が杜撰ですよ……からかったのは謝ります。だけど、私は馬鹿にされるのが大嫌いなんですよ」

基城は一瞬、ぽかんとした顔をした。しかしようやく事情を察すると、あっという間に破顔して、ひどく愉快そうに笑い始めた。

亜紀も笑った。

稜子だけが状況を理解できず、

「……え？　何、なに？」

と不思議そうな顔で笑う二人を見回していた。

二人の笑いはしばらく続いていた。

ひとしきり基城は笑うと、

「人が悪いですなあ……いや、やられました。確かに甘く見ていたようだ」

と頭を掻いた。

「頭のいいお嬢さんだ。初めから信用はされてたんですか？」

「そういうわけでは」

基城の問いに、亜紀は首を横に振った。

「……でも当てがありませんからね。何かしてくれると言うなら試してみようと、それだけは思ってました」

「賢明ですな」

基城は笑った。亜紀は答えない。その時にはもう亜紀は背を向けて、このまま内陣会病院へと向かうにはどうすればいいか、携帯で地図を検索しながら頭の中で目算を立て始めていた。

稜子もコートを抱えて立ち上がった。

そして訊ねた。

「……このまま行くんだ？」

それは質問と言うよりも、確認に近かった。

「ん」

亜紀は頷く。

「とりあえず、恭の字は助けないとね」

2

「――――ね、ね、見た？　魔王様の彼女！」

最初稜子からそう聞いた時、亜紀の心に広がったのは静かな動揺だった。

「……はぁ？」

自分が聞き返す声の、心底呆れたような響き。亜紀はそれを他人の発した声のように聞いていた。それは、呆れていたのではなかった。それは、亜紀の秘めた、空目への恋心が、こんなにも急に――――しかも予想もしない形で危機を迎えた、その事への混乱だったのだ。

木戸野亜紀はクールだった。

しかしそれが外面だけでしかないと、知っているのは自分だけだった。

木戸野亜紀は毒舌家だった。

しかしそれで自分も傷つき悩んでいるのを、知っているのは自分だけだった。

木戸野亜紀は切れ者だった。

しかし頭が切れる事が他人との溝を広げ、自分で他人に対して壁を作る原因になっていると、知っているのは自分自身だけだった。

そして――――

「……あの男は一種のサイコだぞ？」

そう言って自分の、空目への恋愛感情を隠してしまうのは、亜紀にとって悩み以外の何物でもなかった。隠す事で誰にも知られず、相手にも伝わらず――――やがて卒業と同時に離れ離れになって、終わってしまうかも知れない。それは亜紀にとって毎日確実に近づいて来ている自明の恐怖だったが、告白するには亜紀のプライドや、そうする事で他人に弱みを見せてしまう事への忌避や、断られる事への恐怖といった……そんな亜紀の、自分を強く見せようとする本能的な心の動きは、自分でもどうにもできないくらいに、余りにも強すぎたのだった。

亜紀は硝子（ガラス）のように強く。

そして、脆かった。

＊

亜紀は皆が噂しているような、資産家の生まれなどではない。

多少、普通より高収入かも知れない会社員の父を持ち、普通に主婦をやっている母を持っている。ごく普通の家庭だ。

もしも少しでも違う所があるとすれば、父母双方が相当なインテリに属するという事くらいだろう。亜紀の父は技術系の研究員であり、母とは大学院で出会った。その程度のものだ。

両親の理系の血は兄が受け継いだ。

その代わり、亜紀は貪るように本を読む子供だった。

小学校の図書室の蔵書を、在学期間の半分ほどで読み尽くしたのは当時の先生達の語り草だ。学校の図書室に読むものが無くなると、市の図書館に通いつめ、すぐ司書に顔を覚えられた。おとなしく、物知りだった亜紀は総じて大人に受けが良く、先生を始めとして大いに大人に可愛がられていた。

そして代償のように、そのおとなしくて生意気な少女は、子供の間では大いに苛められた。いつの時代も苛めは陰湿だ。漫画でガキ大将がするような、あんな理不尽ではあるけれども乾いた苛めは現実には皆無だ。現実はもっと陰湿で、姿が無く、多くは加害者の姿も見えないシステムめいたもので占められている。特に暴力が用いられにくい、女の子達の世界では。

小学校では上履きを隠された。右足はトイレの中で見つかり、左足はドロドロの溝の中から、二ヵ月後の大掃除で発見された。教科書もトイレに浸けられた。数日後、ノートが、翌日には笛が、同じ運命を辿った。

ランドセルには落書きされた。油性ペンの時は何とか消せたが、彫刻刀で書かれた文字はどうにもできなかった。亜紀は六年間で五回、ランドセルを換えた。

もはや理由など判らなかった。

苛めの数も、種類も、とうてい数え切れるものではなかった。

それは一つ一つが確実に亜紀の心を抉り、六年が過ぎて中学校に上がってからも続いた。小学校から少し大きな中学校へ上がる過程で、小学校の時の面々は、そのまま中学校へと引き継がれたのだった。

苛めは陰惨を極めた。

そして誰もが亜紀を無視した。

亜紀が何をされても、どんなに困っても、どんなに悲しんでも——皆は亜紀を無視するのだった。声もかけず、近づきもせず、ただ思い出したように盗み見て、くすくすと笑う。

教師に訴えても、どうにもならなかった。もはやそれには形が無く、誰もが苛めの首謀者であり、共犯者であり、傍観者であり、善意の第三者。教師への訴えは、ただ苛めを苛烈にする効果しかなかった。

最初は、泣いた。

悔しくて、悲しくて、辛くて、腹立たしくて、無力で、理不尽で……どうしようもなくて、亜紀は泣いた。

だが泣いても、嗤いが大きくなるだけだった。

それに気づいた時、亜紀は泣くのをやめた。代わりに芽生えたのは蔑みだった。

歪んだプライドが亜紀を支えた。周囲の全てを見下し、その愚かさを蔑み、苛めのシステムに組み込まれた全てのクラスメイトを心の中で嘲笑した。

——自分は特別だ。だから虐げられる。

そう思う事で自我を補強し、ひたすらに続く苛めに耐えた。愚者は愚かさゆえに、愚かな行為をするのだ。自分はそんな事はしない。それこそが、自分の精神的優越の証ではないか……………！

それは間違いなく、真理だった。

そして歪んでいる事も、同時にまた理解していた。

他者を見下す事で得る強さは、自身が他者に歩み寄るのを阻害する。

それは現状の改善には全く繋がらないものであると、亜紀は正確に理解していた。その程度には亜紀は客観的で、賢かった。

それでも亜紀は、周囲を見下し続けた。

そうでなくては亜紀は壊れていただろう。一度作られたシステム、一度張られたレッテルは容易には変わりはしないのだ。もしも亜紀が耐える以外の選択をしたならば、少しも変わらぬ状況に絶望していたのは間違いない。

劇的な変化など、現実には有り得ないのだ。

やはり亜紀は特別だった。それに気づき、理解し、そして希望など抱かないほど、亜紀は賢かった。

亜紀は強くあらねばならなかった。

周りの人間に、これ以上の弱みを見せるわけにはいかなかった。抗弁すれば、つけ込まれる。泣けば、嗤われる。逃げれば、敗北だ。亜紀は自身を守るため、ただ頑なに押し黙り、隙を見せず、意志を固めて耐え忍んだ。

殺した感情が亜紀をクールにし、他者への憎悪が毒舌を育てた。

強烈な優越感と劣等感が亜紀の外面を塗り固め、いかなる状況に対してもクールな自分を、無意識のうちに取り繕うようになっていた。

亜紀は、賢明であり、愚かであり、強く、弱かった。

ひたすらに、亜紀は耐え、耐え、耐え続け——やがて地元から離れた、この聖創学院大付属高校へと、自身の進学を決めた。

ようやく、亜紀は耐え切ったのだ。

寮での生活は亜紀が拒否した。九年に亘る学校での生活が、集団生活に対して非常な恐怖感と警戒感を亜紀に植えつけていたからだ。それを知る両親は亜紀の申し出を許諾した。亜紀がアパートで一人暮らしをしているのはそのためだ。結果だけ言うなら、多分だが、心配の必要は無かったのだが。

小学校から付きまとったレッテルはここでは知る者すらいない。また聖学は進学校であり、全国から様々な人間が集まっているので、亜紀は多少は変わっているものの、普通の生徒として扱われた。

亜紀の冷静な歪みが作り出す、クールで賢明で、強い自分。

周囲はその通りに、亜紀を見てくれた。

初めて、亜紀は受け入れられた。

初めての、新天地。

そして、そこで――――亜紀は今まで生きて来て初めて、自分と全く同じ匂いのする人間に出会った。


空目恭一。


出会って数日で、空目の背景に自分と同じものがあると感づいた。

経験に照らした亜紀の観察は、間違い無く空目を〝同族〟だと認識していた。他人を眼中に入れない態度。他人への期待が著しく低い目線。人との必要以上の接触を避ける傾向は、虐げられた経験を持つ人間に見られがちだ。

最初に感じたのは、同族嫌悪だ。

次に感じたのは、その才気への驚嘆だ。

そして、自分とは明確に一線を画す超越性に気づいた時――――亜紀はもはや、空目から目が離せない自分を自覚した。せざるを得なかった。明確な恋愛感情は、亜紀には初めての経験だった。

それでも、戸惑う事は無かった。

態度も、感情も。クールな自分がゆるやかに感情を封じていた。感情を表に出すのは恥になる事だと、亜紀の経験が告げていたからだ。

怒り、悲しみ、喜び。今まで亜紀が感情を出す事で、もたらされたものは他人からの嘲笑だけだったのだから。亜紀は自分の感情に対して、理性で封じる以外の対し方を知らなかった。だから自分の抱いてしまった恋心に対しても、亜紀は耐える選択を取るしかなかった。

そうして亜紀は、現在に至る。

何も考えなくても、空目への想いなどおくびにも出さない自分が居る。

分析し、憎まれ口を叩き、冷たいくらいに冷静な自分がここに居る。しかし今、心に渦巻いている焦燥に似た感情は、亜紀自身にもその正体が判別できない。

ひどい焦りが胸を灼くが、その理由も向かう先も判らない。

空目が危機に陥っている、その事への焦りなのか。

それとも————あやめへの、殺意なのか。

「……とりあえず、恭の字は助けないとね」

亜紀は感情を押し込めた。

この病院とやらへ行こう。そして結論の見えない思考は停止させよう。

後の事は、後で考えればいい。

3

修善寺からバスを使って市街へ。そこから徒歩で二十分。

亜紀と稜子は、その建物を二人で見上げていた。

「ここか……さすがに威圧感があるね」

「よく話には出るけど、近くで見るのは初めてだねえ……」

暗い空の下、白い建物がよく映える。財団法人・内陣会病院は、街の外れ、民家もほとんど無いような辺鄙(へんぴ)な場所に建っていた。

林を背景に建つ建物は、長くて大きな白い箱。その箱を、高さ三メートルはある塀がぐるりと囲んで守っている。もっともそれは遠くから見ればであって、今の亜紀達のように近づいてしまえば、見えるのはただの白い塀ばかりとなる。それでも、威容、と言っていい。この堅固な防壁が、その使命を外ではなく内へ向けている事が信じられないくらいだ。

『財団法人・内陣会病院――――精神科、神経科、他』

塀には、散文的で、無機質なプレートが掛かっている。隣にある、固く頑強に閉ざされた正面口の脇にあるインターホンを、亜紀は恐る恐る押す。こちらでは音など聞こえなかったが、通じてはいるようだ。すぐさま声が返って来た。

『――――御用は？』

「あ、ええと……患者です」

突然な物言いに、亜紀は少し戸惑った。相手は多分、初老くらいの。

『診察券はありますか？』

「……あ、はい」

『券番号は？』

「えーと………００１５４２９７」

『照会します。しばらくお待ちください』

ぷっつり切れる。素っ気ない、事務的な応答。インターホンは沈黙する。

「……名前とか、要らないのかな？」

稜子が不安そうに言った。

「さあ……？」

亜紀は興味無さげに答えた。

しばしして、インターホンが再び喋り始めた。

『————お待たせしました。確認終了です……ところでナンバー00154296の方もご一緒ですか？』

「……え？」

「あ、わたしの事かな？」

稜子が自分の診察券を取り出した。亜紀は納得する。

「ああ、そうか………はい、一緒です」

『わかりました。右側の小さい方のドアは見えますか？　一分間だけ自動的にロックが外れますので、そこからお入り下さい。後は建物の正面口でお待ちいただければ、案内の者が参ります。くれぐれも勝手な行動はなさらないようお願い致します』

インターホンは一方的に言って、回線を閉じた。途端に、正門に開けられた小さなドアから、同時にいくつもの鍵が外されたような物々しい金属音が響いた。

「わ……！」

稜子が驚いて飛び上がった。

亜紀は意に介さず、ドアの前に進んだ。そして肩越しに振り向いた。

「……何やってんの？」

怖気づいたのか動こうとしない稜子に、亜紀は声をかけた。

「行くよ、一分しか開かないんだからさ」

そう言ってノブに手をかけ、引き開ける。

かなり厚いドアだった。しかも仕込まれたバネが強いらしく、開けっ放しにするのに相当な力が必要だった。側面には案の定、鍵の機構が五つも並んでいる。

「行くよ、ほら」

亜紀は言って、中へと足を踏み入れた。正門から正面玄関を結ぶ通路が、異様な静けさで延びていた。構わずさらに、ドアをくぐる。

「……あ、待って。亜紀ちゃん」

亜紀の姿が消えそうになって、ようやく稜子が後を追った。二人の姿を飲み込むと、ドアは再び「がちゃり」と先ほどの物々しい音を響かせた。

それきりドアは、静かになった。

病院の玄関は、何事も無かったかのように、元の静けさを取り戻した。

＊

「どうも、修善寺から話は伺っております。私はこの件を担当させていただきます基城と申します」

出迎えた黒服の男はそう言った。

亜紀と稜子は啞然とする。男は服装こそスーツに変わっているものの、どこから見ても修善寺の住職その人だったからだった。

二人とも反応に困った。

「何か？」

と基城は首を傾げる。

その動作すら、住職以外の何者にも見えないものだった。ただ寺の時とは違って、澄ましたような無表情をしていて、無機質な黒スーツも相まって、同じ姿をしたロボットのような印象を受ける。

そして、真顔の冗談にも見える。亜紀は口を開いた。

「いつの間に先回りを……と言うより、これは何の冗談で？」

亜紀の声は冷たい。基城はそこで状況を飲み込んだようで、ゆっくりと落ち着いた様子でかぶりを振った。

「ああ、そうか……違います。双子なんですよ。あっちは兄の敦。私は弟で、泰といいます」

「双子？」

名刺を差し出した。

たったこれだけ、名刺には書かれていた。

『国家公務員　基城泰　電話090－＊＊＊＊－＊＊＊＊（携）』


「……国家公務員？」

「ええ、そうです」

疑わしげな亜紀の呟きに、基城は平然と答えた。

「嘘ではなく、正確でもない。そんな所です。どちらかと言うと、我々は非合法工作員に属しますので」

「……は？」

亜紀は呆けた声を上げる。住職は「相談に乗ってくれる専門家が病院にいる」と言った。亜紀はてっきり、それが医者だとばかり思っていたのだ。

「……精神科医ではなくて？」

「ええ」

基城は頷く。

「必須知識として心理学やカウンセリングも修めましたから、必要があれば医者と名乗る事もできます。ただ、今回のケースでは必要ないでしょうね」

「……どういう意味か分からないけど………」

亜紀はちら、と男の手に目をやる。

「……僧侶を名乗る事も、できるわけ？」

「ええ、もちろん」

よどみ無く、答えた。

亜紀は眉根を寄せた。からかわれているのだろうか？　確かに言葉遣いや物腰は違うが、こんなものは演技でどうにだってできる。考えれば考えるほど、まるでカウンセラーのような応対をした住職の言動がよぎる。

本当に双子なのか？

本人ではないのか？

亜紀の視線の先で、男の手首のロレックスが光った。

「やっぱり馬鹿にされてるとしか思えませんが……？」

亜紀は少しだけ食い下がる。

基城は、

「……まあ、それも良いでしょう。今日ここで我々が話すべき事柄は、私の素性などではないのですから」

と澄ました顔で話を切り上げた。そして有無を言わさず院内へ二人を招いた。

白く、明るい通路を先導しながら、基城の説明はその間に始まっていた。基城は歩きながら、言うのだった。

「お二人はすでに、『あれ』を見ているのですよね。だとするとお判りかとは思いますが、『あれ』はカウンセリングでどうにかなるような代物ではありません」

「……でしょうね」

亜紀も歩きながら、一応の相槌は打つ。

「『あれ』は幻覚でも、気のせいでも、心の病の産物でもないのです。事実として『あれ』は存在し、現実に年間幾人もの被害者を出しています。ずっとです。遙かな過去から、ずっと。このままでは空目君という人も、ほどなく『あれ』に喰われて死んでしまうでしょう」

嫌な事を言う。

「昔から『あれ』らは存在し、人類はずっと『あれ』や、その同族、または眷属と戦い続けていました。時が変わり、人が、道具が、手段が変わっても、その構図自体は同じです。と言っても常に人間側の防戦一方だったわけなのですが」

「……」

「昔は良かったのです。普通に生活していても死や、行方不明は日常でしたから。ところが今は、そうも言っていられない」

「死が日常ではなくなったと？　人は今でも死んでますよ」

「違います。社会システムが整備され、国が国民を一人一人管理するようになったからです。昔のように行方不明になったから記録から消す、では済まないのです。現代では必ず行方不明は事件になり、殺されれば警察が動き、そしてニュースになります。それが人間外の存在の所為だなどと判明すれば、社会はパニックです」

「ああ、なるほど」

「昔のように超自然存在が容認されなくなった事も理由の一つです。それ自体は決して悪い事ではないのですが。一部を除き、確かにこの世界は科学万能です。それは間違いない」

淡々と言う。

「ただ。その除かれた一部があるがゆえに、社会には我々のような存在が必要になりました。いつか、科学がその一部を照らし尽くすまで」

基城は廊下の突き当たり、「第七応接室」とプレートの掛かったドアを開けた。

「ようこそ〝機関〟へ。如何なる物にも科学的思考は有効であると証明しましょう。我々は『彼等』と闘う、そのために作られた組織です」

ドアを開けたまま、基城。亜紀は何も言わなかった。修善寺で食った毒の皿は、想像以上に深皿だったらしい。

亜紀は思った。

——もう、どうにでもなれ。

躊躇う事なく、亜紀は応接室に踏み込んだ。

4

ソファと机以外は何も無い、殺風景な応接。

二人は基城と向かい合っていた。

「……よろしいですか？」

基城は言う。

「科学的思考とは全ての事象を科学知識に当てはめ、その成否を判断する事ではありません。全ての結果には原因があるという、その事を信じ、追究する事なのです」

「え、そうなんですか？」

稜子が頓狂な声を上げる。

亜紀はうめく。

「……それくらい知っときなさい」

「そうなのです。よって全ての事象は原因を辿る事ができます。どんなに不条理で、不可解で、脈絡が無いように見える事にも実は原因がある。それを調べ、考え、積み重ねる事で我々は『彼等』、つまり世に心霊現象として信じられている事象に対抗できるのです」

基城は、応接机に用意してあった紙束を一部ずつ二人に渡した。

「何です？ これは」

「これは我々の武器の一つ、『デルタ式異障親和性テスト』という物です。今からお二人にはこのテストを受けていただきます。これによってお二人の――世に言う所の『霊感』の有無が判ります」

「……へえ」

亜紀は束になった上質紙をぱらぱらと捲った。

用紙には文字だけでなく、鮮やかな色彩で印刷された図版や模様が並んでいるのが見えた。機械にかける物のようで、用紙の右側にマークシートの解答欄が並んでいる。解答用紙があるわけではなく、テスト用紙そのものを機械にかけるようだ。

「解答用紙が分かれてないんですね」

思った通りを亜紀が言うと、

「それは思考と記入のタイムラグを無くすためです。回答はすべてイエス・ノー形式ですが、設問を読む時間も含めて一問あたり五秒以内に答えてもらいます。五秒ごとにアラームが鳴る指示音声がありますので、これを」

と細身のヘッドホンを見せられた。同時に十本ほどの鉛筆が入ったトレイが机に置かれる。準備のいい事だ。

「では……」

基城は時間を惜しむように指示を出した。

一枚目の頭にある、性別と年齢のマークを塗り潰す。ヘッドホンで、耳を覆う。

「よろしいですか？」

亜紀と稜子は頷いた。

「総問題数は三八〇……では、始めてください」

基城がスイッチを入れた。音声が、女性の声でカウントダウンを鳴らす。

『――三、二、一、スタート』

二人は条件反射のように、テストに没入した。

＊

テストは、やや奇妙ながらも性格診断テストの類に見えるものだった。

亜紀は意識してテストの傾向を分析しようとしていたが、『設問一。五秒前――三、二、一、終了……マークを塗りつぶしてください。設問二。五秒前――』と、つぎつぎ指示音声に追い立てられるので無用な事を考える暇が無い。

設問一、死が怖い――Yes／No
設問二、動物好きだ――Yes／No
設問三、母親が嫌いだ――Yes／No
設問四、父親が嫌いである――Yes／No
設問五、心霊現象の実在を信じる――Yes／No
設問六、何らかの信仰を持っている――Yes／No
設問七、死者に対して同情する事が多い――Yes／No
設問八、ぼんやりしていると、よく言われる――Yes／No………

最初は性格面、思想面を中心にしてテストは始まり、徐々に内容を家族、経験、知識などに移行させてゆく。時折ひどく奇妙な問も混じるが、細かく考えている余裕など無いというのが実情だ。少しずつ本文が長くなっているような気もする。こうして余裕を失わせてゆくのを計算しているなら、実際これは良く出来ているとしか言いようがないだろう。

設問五二、父母、祖父母、曾祖父母などの直系親族中に、よくおとぎ話をしてくれた人物が

いる――――Ｙｅｓ／Ｎｏ

設問五三、自覚症状のある精神疾患で精神科の治療やカウンセリング、投薬などを受けた経験がある――――Ｙｅｓ／Ｎｏ…………

設問は次々と進む。亜紀も稜子も自然と集中状態に誘導されて、次々と問に答えてゆく。問題の傾向を吟味するなど、もはや頭の中には無い。そして丁度そのあたりに差し掛かった頃――テストを受けている二人は、ほとんど意識する事ができなかったが――――そこで大きく、設問の傾向が変わっていた。

設問一五九、〝その〟手（声（(ＹＹＨＥＲＲＲＲＬＹＨＰ)））は月に手が届くことを知る――――Ｙｅｓ／Ｎｏ

今まで少しずつ混入していた意味不明、支離滅裂な問が密度を増した。読解不能な単語、文字列が増え、質問の形式すら取っていないものが現れ始めた。

文章の形すら崩れ始めた。詩的すぎる、または哲学的すぎて、意味の解らない文章があった。正体不明の記号が数行に渡ってびっしりと印刷され、それに対してＹｅｓ、Ｎｏを答えさせるものがあった。

文章ですらなくなった。世界史の教科書にでも出て来そうな古い図版に、一切の説明も無くＹｅｓ、Ｎｏを答えさせた。どぎつい原色の抽象画に、Ｙｅｓ、Ｎｏを答えさせた。ごく普通の風景写真に、色見本のようなカラーバーに、カブトムシに似た昆虫の写真に、Ｙｅｓ、Ｎｏを答えさせた。

光る粒子で出来た砂絵のような物があった。タロットカードが配列されている図があった。複雑で鮮やかな模様があった。ちらちらと変幻するホログラムがあった。

絵解きに使われる緻密な静物画、拡大しすぎた何かの写真、奇怪な生物のスケッチ、細かく難解な迷路……次々現れる図版や模様に、二人はひたすらＹｅｓ、Ｎｏを答え続ける。

内容の不自然さを疑問に思う暇もない。何がＹｅｓで、何がＮｏなのか考える余裕も無い。その頃には二人とも完全に催眠のような状態に陥り、ただ感覚の赴くままにＹｅｓかＮｏかを答える機械になっていた。規則的な指示音声と、それに追われて次々問題に目を通す機械作業が、自然と二人をそんな状態へ誘導したのだった。

だから――

「終了です。ご苦労様です」

と基城が言った時、亜紀は目が覚めた時のような感覚を感じていた。それは学校のテストが終わった時や、一心不乱に小説などを読(よ)み耽(ふけ)った直後の状態と同じだった。背中の辺りに、凝(こご)ったような疲労感が残っていた。

稜子が、「むー」などと言いながら大きく伸びをする。

基城はドアの外にいる誰かに二人の解答用紙を渡していた。そしてすぐに元の席へと戻って来た。

「では、結果が出るまでに必要事項の説明をしておきましょうか」

そう言って、ぎし、と座る。

「……では、聞いておきたいんですが」

亜紀は言った。

「今のテスト、あれ、何なんです？」

「不思議でしょう」

承服できない、とでも言いたげな亜紀を見て、基城は頷いた。

「催眠誘導の技術が応用されているという話です。ジョン・デルタという心理学者が製作したものだそうで、あのテストだけで七二パーセント、別の背景調査ワークシートを併用する事で八四パーセントの確度で『霊感』の有無が判るそうです。現在の理論では霊感を心理的な特性と見なしています。ただデルタ博士はすでに故人で、デルタ・テストがどのような原理で霊感を判別するのかは分かっていません」

「原理も分からないものを使ってるので？」

亜紀は反射的に皮肉で応じる。

「ええ」

動じる事なく肯定する基城。

「効果があるのは分かっていますから。このテストは博士の遺稿の中から見つかったものだそうで、最初は何に用いるテストか判断がつかず、長いあいだ放置されていたそうです。博士その人も半分オカルティストで、心理学者としては異端でした」

「……」

いかがわし過ぎて、言葉が見つからない。

「でも使えるものは、使う。正しいでしょう？　〝異存在〟に魅入られやすい体質の人間を、退治の現場になんか連れて行けませんから」

「………………え？」

あっさりと言った基城の言葉を亜紀は一度聞き流し——————思わず聞き返した。

「……退治、できるんですか？」

「もちろんです。根絶はできませんけど、追い返す事ならできます。我々はそのための技術を積み重ねた一種の『防疫機関』です。〝異存在〟による害に対策を講じ、蔓延(まんえん)を防ぐのです。人は霊現象と聞けば原因を解明しようとして挫折し、恐怖しますが、原因など分からなくても対抗手段は取れるのです。微生物の発見以前から、熱消毒は行われていたでしょう？　それと同じです。対抗しながら研究を続ければ、いずれは霊そのものも解明されるでしょう」

そうすればいずれ根絶も可能になる、と基城は断言した。亜紀は素直に感心する気にはなれなかったが、もし本当ならば空目を救出する望みがあるという事になる。それは間違いなく朗報だ。

「聞かせて下さい。『彼女』について」

亜紀は言った。

基城は頷いた。そして一瞬、言葉を検索するように目を閉じる。

「まずですね、我々は超常現象を一種のウィルスのようなものと表現します」

ひどく事務的な口調で、第一声が紡ぎ出された。

「どういう事かと言いますと、実は〝異存在〟というのは辺りを徘徊(はいかい)して人間を襲っているわけではありません。待ち伏せているわけでもない。『彼等』は病原菌と同じく人間が媒介して広がるのです」

「は？」

予想もしない言葉に、亜紀は眉を顰めた。

「どういう意味です？」

「そうですね……最初から説明しますと、この『霊感』を持った人——我々の用語では

『異障親和型人格』と言いますが——この持ち主は平均して世界全人口中の七〇から八〇パーセントに及ぶと言われています」

「そんなに？」

「ええ。そしてなぜ平均かと言いますと、霊感は決して不動のものではないからです。極端な事を言えば昨日はあったのに今日は消えたり、今まで無かったのが急に発現したりします。そこで霊感者は大きく二種類に分類されます。『潜在型』と『顕在型』。本当は『絶対型』というもう一つの種類があるのですが、これは確率にして一パーセント未満という特殊なケースですので除外します。ちなみに『潜在型』と『顕在型』の割合は八対二、くらいになるようです」

「……で、一般に〝霊感がある〟と言われているタイプが『顕在型』、ですか」

「その通りです」

　亜紀の言葉を、基城は肯定する。どうにも真意が見えない男だ。

「で、素養は持っているものの発現には至っていないのが『潜在型』、と。それは分かりましたが、霊を人間が媒介するというのはどういう事です？　まさか取り憑いた幽霊が接触で感染するとか、空気感染するとか言うんじゃないでしょうね」

　亜紀の声が低くなる。それでは男子小学生の苛めだ。

　基城は首を振る。

「もちろん違います。第一それでは前提が間違っています。彼等〝異存在〟は外から人間に取り憑いて害を与えるのではないのです。人間の、心の中からやって来るわけなのですから」

　そこで稜子が手を上げた。

「先生……わたしの理解力を超えてます」

　亜紀も同意した。

「私にも、『それは心の中から来る幻覚だから病院へ行きなさい』って言われてるようにしか聞こえませんね」

　意地悪く言う。

「そういうわけではありません」

　基城はそこで初めて、ほんの少しだけ、困ったように表情を動かした。

「心の中から来ると言うのはですね、これは心理学というよりオカルトに近くなりますが……………人の心がイドの底、深層意識において互いに繋がっているという説はご存知ですか？」

「え？」

　稜子が妙な顔をする。亜紀は何かで見た事があった。

「よく大きく波打った波線で描かれてる、あれですか。波の一番上が一人一人の表層意識で、下に行くほど広がって、潜在意識。そして波の下辺、自我のさらに下では互いにくっついてしまうという……」

亜紀は言った。

確かユング派心理学の本にあったような気がする。ただ、最近読んだ本では下辺部が互いに繋がらない、半球で表現してあったと思うが……

「……ええ、それです。そして現在の仮説では、〝異存在〟の本体は、深層意識のその繋がった部分にあると言われているのです。人が自身の深層心理を見る事ができないように、〝異存在〟は決して人の知覚には触れません。しかし誰の心も、基本的にはその〝異界〟へと繋がっているのです。いつだって条件さえ合えば、心の底のさらに奥に誰もが内包している〝異なったモノ〟は、人の意識に上がって来る」

基城は頷く。

至って真面目な顔。本当ならば大変な事だ。亜紀は呻く。もちろん懐疑の呻き。

「それは……」

「ええ、もちろん確率は大変低いものです。そして普通に生活している限りでは、通常起こり得るものではない。いくつかの条件が必要になります」

亜紀はひらめいた。

「じゃあもしかして――――〝感染〟するのは、その条件の方？」

「そうです。頭のいいお嬢さんだ」

基城は、ぱち、ぱち、と小さな拍手をする。対する亜紀は冷たい。

「お世辞には興味ありません」

「これは手厳しい」

基城は動じない。

「では、その〝感染〟するものは何かの説明に進みましょう。私は先ほどウィルスと表現しましたが、どちらかと言うとコンピューターウィルスに近い物なんですよ」

何事も無かったかのように、話を進めた。

「コンピューターウィルス？」

「はい。〝異存在〟の害が発生するためには二つの条件が必要です。一つはハードウェアが、彼等を受け入れ可能な状態である事――――つまり人間自身の〝異障親和性〟すなわち〝霊感〟が顕在化している事です。もう一つはハードウェア、つまり我々の意識に彼等を導くプログラムがインストールされている必要がある」

「はあ」

「深層意識――――そして異界をインターネットに例えると、我々の心はすでに電話線の繋がったモデム付きのコンピュータに例える事ができます。多くの人間はモデムを働かせるプログラム、モデムドライバが凍結されていたり、あるいは初めから入っていなかったりする。時々いる無霊感人間が後者に当たります。通常は霊感を有しながらも未発現である、前者の場合がほとんどです。

で、対してモデムドライバが動いていて、ネット――――この場合は〝深層意識〟に――――アクセスできる人間がいる。これが〝霊感者〟。でもパソコンにモデムが付いていて、モデムドライバが動いていて、回線が繋がっているだけではインターネットに繋げないですよね？」

「ブラウザや、メールソフトが要りますね」

「その通り。感染するのはそこです。我々は人からソフトを受け取って、初めて異界に触れる事ができるのです」

亜紀は眉を寄せる。

「よくわかりませんが……？」

「でしょうね。もう少し話をしますと、彼等〝異存在〟は人間にとってあまりに原質的過ぎるため、人間には想像する事もできません。人間が普通に生活している限り、自分の深層意識に触れる事が無いように。しかし、きっかけさえあればいつでも人は深層意識に気づく事ができます」

「人に指摘されて、急に自分の癖の原因に気が付いたりするようなものですか？」

「まさしく。そしてそれは〝異存在〟にとっても言える事なのです。〝道〟が無ければ彼等といえど我々の顕在意識に上がって来る事はできないのですから」

「……あー、もう！」

遠回りな基城の説明に、亜紀は苛立たしげな声を上げた。

「まどろっこしいですよ。要するに何なんです？　そのソフトに当たるのは」

強い調子で亜紀は言う。

基城は反応しなかった。ただ少しだけ声を落として、こう言った。

「それはですね――『怪談』、なんです。

分かりやすいでしょう？　〝異存在〟そのものに対する知識が、彼等を意識へと呼び込む鍵になる。我々はいつでも『異界』と接しているのです。しかし知らなければ、無いも同然。ところが『異界』を知った途端に、それは突然見えるようになる。我々を取り込もうとし始める。言わばね、この世界は常に、『異界』からの侵略を受け続けているのです。そしてそれを知った瞬間、『異界』はその人物に牙を剝くのです」

亜紀も稜子も、何も言えなかった。

沈黙が、その部屋を満たした。

五章　日　常

1

「……それでは何かあったら連絡を」

〝機関〟の件に関して厳重な口止めをして、基城が二人の少女をタクシーで送り返したのは昨日の事になる。いや、正確に言うなら今朝未明の事。

基城はあれから僅かな仮眠しか取っていない。もっとも窓の無い、完全に外から隔離されたこの内陣会病院の建物内部では、時間など機械に表示されている数字の上の事でしかない。

情報部からは資料が次々と送られて来る。近辺で収集された噂話（うわさばなし）の類から、今回の事件に関係すると目される人物の資料、またその類縁親戚の資料、はたまた家系に関する資料まで、その数は膨大だ。中には先ほどの少女達の成績表一式のコピーから、今までの病歴や、そのカルテの写しまでが揃（そろ）っている。プライバシーの侵害などという騒ぎではない。その気になれば、彼女達の身体が小学校時点からどのような推移で成長したかまで表にする事ができるのだ。

　気の強い、あの木戸野という少女はこれを見たら何と言うだろう？　おそらく彼女は自分の母方が三代前まで〝犬神統〟と呼ばれていた事実など知りはしないだろう。憑き物筋が、そうと知らずに憑き物落としの寺を訪ねる、この皮肉な偶然も含め。おそらく彼女は、基城の事をひどく不快に思うに違いない。

「……ふ」

　柄にも無い事を考えて、基城は苦笑した。自分は疲れているのかも知れないと、そんな事を考える。

　これらの資料が必要である事は、明白な事実として自分は知っている。例えば通院歴の中に精神病院のものがあれば、その人物の異障親和性への疑いがにわかに強まる。

　成績通知表には生徒の性格や素行、場合によっては事件や事故についてなどが書き込まれている場合もあり、生徒の背景を知る上で重要なファクターとなり得る。参考程度だが、知的傾向が重要な情報を含む場合もある。

　該当項目は無かったようだが、警察にも彼女らに関する事項を照会した。必要ならば新聞記事との照合も、実家へと調査員を派遣する事すらも行うだろう。例えば〝憑き物筋〟の亜紀などは、先のデルタ・テストの結果次第では、今後要注意人物としてマークされてしまうという事態もあったはずだ。幸い、結果は二人ともノーマル、『潜在型陽性』だったが……

ともかく、このように〝異存在〟に関わる事件は、広範な視点から浮き彫りにしてゆかねばならない。何かを見落とせば、それがいくらでも惨事に繋がるのだ。可能性として存在するものは全て明らかにし、危険性を排除しなければならない。そこに情の入る隙間は、どこにも無い。

基城は二枚のＦＡＸ用紙を手に取る。

普通ではない事象の情報を収集する〝機関〟の端末施設の一つとなっている、修善寺に出向している兄から届いたものだ。

「よくもまあ……」

最初これを送りつけられ、女子高生二人組から入手したと聞かされた時には、基城は冗談抜きで戦慄したものだ。土地の昔話の本と、都市伝説の研究書籍からのコピー。どちらも何の変哲も無いものだが、この組み合わせはいけなかった。

この世界には知るだけで怪奇を呼び込む〝本物の〟禁断の物語が存在する。そしてこの『現代都市伝説考』という本は、当たりとして〝機関〟が躍起になって回収し続けている、曰(いわ)く付(つ)きの書物なのだ。

恐らく……今回の事件はこの本が原因だ。

もしかするともう一つの昔話の方も〝本物〟かも知れない。

この書籍の『神隠し』が、かなりの確率で今回の『敵』だ。こうした本による伝播(でんぱ)は稀だが、爆発的な規模で起こる場合があるので油断がならない。

『現代都市伝説考』はマニア向けの希少本で、ほとんどが個人の所有物のため、未だに回収が完了していない。

ことに著者の大迫栄一郎は、当たり率の異常に高い著作の作者として〝機関〟によって監視下に置かれている。彼の著する研究書籍には、実に一冊に二項目以上という高い確率で当たりが紛れ込んでいる。知らずにやっているとすれば天文学的な確率だ。もしかすると、『彼』は気づいているのかも知れない。

基城の前には数冊の本が置かれている。

どれも情報部から貸し出されたもので、〝特秘〟種——つまりカウンセリングと催眠暗示で、異障親和性を強制的に非活性にした者以外の閲覧を禁ずる書籍として分類されている。もちろん民間で発見されれば即回収が指示される危険物だ。

——そもそもこの種の類話は世界中で見られるものである。ヨーロッパなどにも妖精に子供が攫われる妖精譚が数多く（逆に妖精の子が人間に攫われる種の話も見られる）、目に見えない『妖精の市場』や、中へ入ると消えてしまう妖精の踊りの輪、『妖精の輪』といった異界譚に属する伝承も含めれば、これら『神隠し』系の類話は膨大な数に上り、一つのジャンルを形成している。人間を消し去る怪異なる存在は、現実に世界中に存在している。

大迫栄一郎『神隠し考』

——これらの『昔話』は世界のおよそかけ離れた土地において、全く同じモチーフの伝承として伝わっている場合がある。たとえば、叩き付けられる事で呪いが解ける本邦の『たにし息子』とグリムの『蛙の王様』。『米福・粟福』と『シンデレラ』。ほかにも『夢を売り買いする話』は世界中に見られるものであるし、自身が殺害された事を告発する『骨』のモチーフも数多い。中にはアジアを通じてモチーフの伝播が証明できる物もある。だが、筆者のような空想の徒には事実としてこのような事件が存在し、こういった存在が世界中に偏在する事の証拠のように思われて、楽しくてならないのである。

大迫栄一郎『昔話と童話考』

——『都市伝説』と呼ばれ、またこうして採集された数多くの談話の中には、しばしば明らかに昔話で語られるような古いモチーフが見られる事がある。何らかのリアリティーが付与され、明らかな嘘というものが避けられる傾向のある都市伝説系フォークロアにおいて、実際これは非常に興味深い現象と言える。使い古されたモチーフが、現在においてもある種のリアリティを持ち得る事に対する証明とも取れるからである。それはまるで、遙かな昔からそれが現実に生き続けているかのようである。例を挙げるならばモチーフ一二―一五（二一三ページ）の採話などは、現代の〝神隠し〟にも通じている。

大迫栄一郎『現代都市伝説考』

…………

全く恐れ入る話だった。〝異存在〟に関する正確な知識は、古くは戦前から〝機関〟によって厳重に秘匿されている。どういう経緯で推論——あるいは幻想——に至ったのかは知らないが、在野の研究者がここまで気づけば上等な部類だ。少なくとも間違った事は何一つ書いてはいないのだから。

あるいは本人は、あくまでも想像を遊ばせているに過ぎないのかも知れない。さもなくば筆者は妄想気質の人間で、突如このような幻想を抱いたに過ぎないのかも知れない。

しかし重要なのは本人の意思などではなく、これを読んだ人間が「そうだ」と思ってしまう事なのだった。たとえ本人は信じていなくとも、一人が信じれば爆発的に事実として広まってしまう可能性があるのだ。〝機関〟はそれを何よりも怖（おそ）れている。

一般市民が思っている以上に、一般市民は賢明で、愚かだ。〝機関〟がメディア、出版の広範に渡って監視し、圧力をかけているのは何も過剰な反応ではない。

時々、このように気づいてしまう人間がいる。〝機関〟は常に、そんな人間の発する情報を探している。こうして基城のような実行部隊が活動し、あるいは待機している間も、情報部は休みなく有害な情報を選別し続けている。今も日本のどこかでは、知ってしまった者の元へと黒服の〝機関〟員が派遣され「くれぐれも他言はしないように」と口止めの脅しがかけられているのだ。

目的は一つ。〝異存在〟蔓延の芽を摘む事。

危険な噂の元を断つため、黒服は対象者を監視し、また接触し、証拠を放棄して全てを忘れるようにと働きかける。そして拒否すれば——一夜にして対象者は連れ去られ、薬物や機械や催眠暗示を用いて、記憶が消去される。場合によっては、さらに複雑な〝処理〟が施される事もある。

いずれはあの少女達にも、何らかの処置が施されるだろう。

〝監視〟と〝脅迫〟、そして〝処理〟によって、この世界は辛うじて平穏に保たれている。『暗部』に支えられて、この社会は成り立っている。

とうに割り切った、現実だ。

しかし今、一抹の寂しさを、感じていた。

「……どうかしている」

自嘲気味に、基城は笑う。

確かにあの少女達は興味深い存在だった。賢く——あるいは優しく——冷静だ。

〝機関〟に入った時点で縁は切れたが、自分の娘もあれくらいの年で、現在は私立の高校に通っている。

会う事はできないが、あれくらい聡明に育ってくれていたら嬉しいと思う。

だが――――

だが、だからどうしたというのだ？

自分は職務は忘れていない。聡明さは、彼女達の権利を何ら拡大させはしない。〝異存在〟について彼女達に説明したのも、一時的に納得させて他言を防ぐという目的でしかない。実際、その効果を狙った最低限の事柄しか、基城は話していない。いずれ、事が終わればその記憶も〝処理〟する。疑いの無い決定事項だ。

必要以上の情報も与えてはいない。

彼女達は知らなかったようだが、聖大付属高校にはその発足当時から「少女の幽霊が出る」という噂があり、その幽霊の外見は、あやめという少女に酷似している。また今件の〝焦点〟と目される空目恭一は十年ほど前にも同様の『事件』に巻き込まれており、以来十年以上にわたって情報部によって動向を追跡され続けている。どちらも彼女達には話さなかった。話す必要が無いからだ。

〝機関〟はその秘密性ゆえ、〝機関〟とのみ称される。それが示す通り、いや、それ以上に〝機関〟は他言できない多量の秘密を抱えている。〝異存在〟が実する事実しかり。他にも

――たとえば基城を始めとする実行部隊であるエージェント、通称〝黒服〟は、全員が書類上鬼籍に入った、いわゆる存在しないはずの人間によって構成されているなど……

もちろん話してはいない。それらは全て、秘匿したはずだ。

問題無い。

何も、間違いは犯していない。

ここからは基本的な任務パターンになるだろう。索敵(サーチ)&破壊(デストロイ)。情報部がターゲットを見つけ出し、基城が急行、〝処理〟する。全くいつもの通りだ。

そう、何の問題も無い。少々情が移った所で。

全くいつもの通り。

何の問題も、無い。

2

近藤武巳は、一時限目の授業を受けていた。

「…………うー」

表情が緩んでいる。理由は簡単、頭が緩んでいるからだ。

朝っぱらから英語が頭に入るわけがない。そんな事を考えながら武巳は頬杖をついている。

土曜の朝ではなおさらだ。あと数時間もすれば全てから解放されるのに、わざわざ集中できる勤勉さの持ち合わせは無かった。

教師の声がひどく遠い。ともすれば意識がどこかへ飛んで行ってしまいそうだ。武巳は必死で授業以外の事を考えて、意識の牙城を守っていた。

今朝の武巳は睡眠不足気味だった。昨日は色々ありすぎて、眠れなかったのだ。

ただ全く同じ経験をしたはずの俊也がそうでもなく、平然とした顔をしているのが武巳には納得いかない。一体どういう神経をしているのだろうと、心底羨ましく思っている所だ。きっと武巳とはニクロム線と高圧線くらい、神経の太さに差があるに違いなかった。

神野陰之、と言ったっけ……

武巳は身震いする。

あの霊能者を称する人物に会って、話をして、なおかつあのような経験までして平然としていられるなど——武巳には信じられない図太さに思えた。

どう考えても納得がいかなかった。

昨日、あれから話を終えて、目の前で神野に手品のように姿を消されたその直後。店を出た武巳と俊也を待っていたのは、空に輝く真円のお月様だったのだ。

時計の示した時間は九時。店に入ったのが六時頃だったので、ゆうに三時間ばかり店にいた計算になる。だが武巳の体感時間では、せいぜい長くて一時間ほどだった。ちょっとした浦島太郎気分を味わう羽目になってしまった。勘違いなどではない。もしそんな事を言う人間がいたとしたら、あの神野に会っていないから言えるのだ。あの男は絶対に普通ではなかった。

「…………絶対変だよー」

武巳は唸る。

もう一度あの店に確かめに行こうかとも考えはした。だが考えれば考えるほど、到底そんな気は失せていった。別に怖いからではない。もちろん怖い事は怖いのだが、この場合の怖さはもっと婉曲なものだ。

きっと、店は絶対見つからないに決まっているのだ。

そうなれば、もっと怖い事になる。

「…………うーん」

店の名前がどうしても思い出せない。

店の地図が印刷されたあのマッチも、どこかへ行ってしまった。多分、あれもそういうものだ。

すっかり無抵抗主義の武巳だ。今朝も皆と会ったが、正直何も言いたくなかった。俊也に至っては頭っから説明する気が無いようだった。何も報告しない事は、亜紀や稜子に対する一種の抜け駆けではないかと思いはしたが、結局武巳も何も言わなかった。自分で見たものが信じられていないのだ。他人に話せるわけがない。

不思議と、亜紀も稜子も何も聞いては来なかった。

挨拶も交わしたが、この件に関しては特に言うべき事は無いようだった。

「おはよう」

「……ん、おはよ」

「どうだった？　昨日は」

「……ん……別に。そっちは？」

「あ……いや、特に何も」

「そう……」

それだけで別れた。二人ともこの件には触れず、それ自体も、それに態度も少しおかしい気がしたが、自分達に収穫が無かったので気まずく感じているのだろうと武巳は結論付けた。ひょっとすると何かあったのかも知れないが、突っ込んで藪蛇(やぶへび)になる方が怖かったので触れるのは避けた。

お互いに収穫無し。そういう事にしておく。

武巳にはもう少し、考える時間が欲しかった。

教室には、かっ、かっ、という乾いた音が響いている。黒板がチョークを削る単調な音。催眠のように眠気を誘う。先生が書いているのは英語の構文のようだ。書いているものが退屈なら、音まで退屈になるものらしい。

何も考えずに、ノートに書き写した。

そして一顧だにしない。書き写した端から忘れる。

こんな物を憶えても、テストでは単語帳の一枚ほどにも役に立たない事を、誰だって知っている。だから武巳は思う存分、物思いにふける。

「…………」

空目は結局、姿を消したままだ。

当然、連絡も無い。この学校の特性上、授業を一日休んだくらいで問題にされる事は無いが、二日三日休めばさすがに家に連絡が行く。ただ、そうなっても何も変わらないのが目に見えていた。

空目が現在、どこでどうしているのか、武巳には想像すらつかない。だが空目がいま『異界』を彷徨っていて、それがあの夜に武巳が経験したのと同じものなら――――それはろ、ろくなものではないと、断言してもいい。

神野は言っていた。〝神隠し〟に攫われた者の末路を。

それはどれも空目の死を明示するもので、俊也などは今にも神野に飛びかかりそうな雰囲気をして聞いていた。それは不吉な予言以外の何物でもなかったから、当然といえば当然の事なのだろう。

しかし……

正直武巳には、ぴんと来ないのだった。

何がというと、空目が危機に陥っているという状態がだ。

普段の空目はあまりにも超然とし過ぎていて、何が起こっても動じない。その空目が危機に晒され、慌てている姿など、それこそ想像もできないのだった。

俊也には悪いが、この件に関して武巳は根拠も無く楽観していた。

「……なんだかなぁ」

武巳の興味は、現在の空目へと移る。

空目が『異界』に連れて行かれたとして、そのまま何もしないとは思えない。冷静な空目はきっと何か行動を起こすだろう。

「陛下なら何をする？」

武巳は考える。

「陛下は何をするために、『異界』に行った？」

自ら攫われたなら、それには目的があるはずだ。

「陛下は『異界』から、どうすれば脱出できる？」

望まずに攫われたなら、空目は脱出の手段を考えるだろう。

「陛下には、どうすれば協力できる？」

空目が自力で『異界』から脱出しようとしているなら、『こちら』からも手伝える事があるかも知れない。

武巳は考える。

「——陛下は、いったい何をしようとしてるんだ？」

すぐに思考が停止した。

「…………ええ、そりゃそうでしょうとも。陛下の思考のトレースなんて高等技術、どーせ、おれみたいな馬鹿には不可能ですよ……」

武巳が自分の限界に絶望し、天井を仰ぐと——前にもこんな事を言ったような気がして、そこから記憶が蘇った。

『——近藤。思考停止に安住するな』

それは、やや呆れた調子の空目の言葉だった。

『お前が自分を馬鹿だと放言するのは自由だ。そう思うのも別にいいだろう。だが……それを理由にして思考を止めるのはよせ。本当の馬鹿はそこから生まれるからだ』

それは以前、武巳が口癖のように自分は馬鹿だと言っていた頃、何かの拍子に空目が武巳に言った言葉だった。

『いいか、近藤。自分を賢いと思っている奴は、方向性の差はあれ確かに頭がいい。彼らはそう思うと同時に、そうあろうともしているからだ。彼らは自分に思考を課している。自分に求めている頭の良さを、彼らは思考する事で常に引き出そうとする。彼らは他人より少しでも多く、考えようとしている。

　いいか、ここからが重要だ。脳とは使う事で研ぎ澄まされる器官だ。よって思考を自分に課すものは、それだけ脳の機能が先鋭化している。そいつがどんなに馬鹿に見えても、思考を好む人間は脳のどこかが必ず発達している。自分の能力の方向さえ見誤らなければ、それは極めて大きな力になり得る。

　だからな、近藤。考えるのを、やめるな。思考停止は楽だが、それに安住すると脳の発達を阻害する。論理、計算、想像――――何でもいいから考えろ。脳を使って特化しろ。思考すれば、必ず脳は応える。脳はそのための器官だからだ』

『……でも能力の差、あるだろ』

『知るか。脳の能力なぞ外から見て判るものか。世界の誰も、自分の才能など分かってはいない。初めから誰も知らない以上、そのスタートラインは誰もが平等だ』

『……』

『自分を、使って、把握しろ。道具と同じだ。それだけが、自分の機能を知る唯一の方法だ』

文芸部の魔王、空目恭一の言。

今から思えば途方も無い事のような気がするが、言われた直後は空目のカリスマに押されて納得したものだ。少なくとも「俺は馬鹿」の口癖は、その時からすっかり鳴りを潜めている。

「……思考しろ、か」

武巳は呟く。

確かに今までの経験からして、空目の行動には大抵は何がしかの理由があった。空目は何の考えも無しには決して行動を起こさないのだ。根拠の有無はともかく、空目は無意味な行動を嫌う。それは自分の精神と肉体を完全にコントロールしようとする努力とも取れる。

「と、いうことは……？」

武巳はふと思い至る。

空目の性格からして、意味も無しに空目が行動する事はあり得ない。という事は空目の失踪するまでの、あの一連の行動には何らかの理由があったと見るべきだろう。だとすると、空目の今までの行動を分析すれば…………

「陛下の目的が――――判る！」

自分の思い付きに、武巳は興奮した。自分の頭が考えた事とは信じられなかった。初めから分析すれば、空目の行動全てが把握できるのだ。これは凄い思い付きだ。

武巳は推理小説的カタルシスを感じる。

今までの、空目の行動を記憶からかき集める。

そして思い付く所から分析を試みて……挫折した。

いきなり不自然な状況に行き当たり、困惑してしまったのだ。

「……なんだって陛下は、『彼女』を周りに見せて回ったりしたんだ……？」

理由がさっぱり、思い付かない。

「何の意味があるんだ……？」

推理はそこから一歩も進まなかった。

そのまま武巳の思考は、授業終了まで停止したままだった。

3

「……うん、あんたにしては良い思い付きだね。その後がお粗末極まるけど」

開口一番、亜紀はそう言った。

「…………悪かったな」

武巳は渋面を作る。土曜の授業はつつがなく終了し、昼からの放課後。結局二限が終わり、三限が終わっても、武巳は何も結論を出せなかった武巳だった。

仕方が無いので空き教室の隅に皆を呼んで、思い付きを聞いてもらって、知恵を貸してもらう事にした。そして、言った途端にこの通り。いきなり亜紀の毒舌に迎えられたのだった。

「でも間違いじゃ、ないだろ？」

言い訳するように、武巳は言った。

「うん。着眼点は悪くないね」

亜紀は素直に応え、考える様子を見せた。

武巳の顔が緩む。これは武巳に対する、亜紀の台詞としては最高級の誉め言葉だろう。基本的に亜紀の武巳への評価は低い。自分でも単純だと思うが、それが分かっているので武巳は少しだけ得意になった。

そこで亜紀が、ぐさりと一言添えた。

「でも、あんたは理論構築力なさすぎ」

「うっ」

武巳は痛そうな顔をした。事実だけに全く反論できない。たった一言ですっかりへこまされる武巳だった。大袈裟に胸を押さえ、机に突っ伏す。

「えーとね――――わたしは凄いと思うよ。武巳クン」

とりなすように、稜子が言った。

「わたしには、多分思い付かないな。ちょっと尊敬」

「……ホントにそう思う？」

「うん」

「うぅ、分かってくれるのは稜子だけだよ」

「よしよし、えらいぞー」

稜子が武巳の頭を撫でる。

「…………まあ、馬鹿同士の馴れ合いは放って置くとして」

亜紀が無視して、何事も無かったような声で言った。

「どう思う？　村神は」

「異存ない」

壁にもたれかかり、腕組みした村神は答える。

「確かにその通りだ。空目が客観的に見て不自然な行動をするなら、それには間違いなく意味がある」

「だろうね。私も近藤の、その見解には全面的に賛成する」

亜紀は頷く。

「と、なると、やっぱり一番おかしいのは『彼女』を連れて来た事だね。それどころか恭の字、自分の知り合いに片っ端から見せて回った形跡があるよ。あちこちから訊かれたよ。『あれは誰だ』とか言って」

「普通はしないいな。特に空目の場合は」

「仮に誰かと付き合いだしたとしても、恭の字は黙ってるね。『他人の承認など必要ない』」

「ああ。きっとそう言うな」

その通りだろう。そう言っている場面が目に見えるようだ。

武巳は言う。

「何で陛下、急に紹介なんか始めたのかな」

「必要だった、からだろうね」

亜紀が答える。

「知り合い全員に新しい恋人を紹介する時、普通は何を目的にするだろうね。……稜子はどう思う？」

「うーん……これから仲良くしてやって欲しいとか……かな？」

「……違うだろうね。この学校の者でない以上、連れて来なければ紹介は必要ない」

「俺の彼女だから、皆は手を出すんじゃない、とか……」

「さっきと同じ理由で、却下」

「付き合い始めたので、よろしくお引き立てください、とか……」

「恭の字の性格上、それは無いね」

「じゃあ……可愛いから純粋に見せびらかすため」

「一番ありえないねえ……」

亜紀は腕組みする。

「近藤は、どう思う？」

「え？　えーと……」

武巳は口籠った。

亜紀と稜子のやり取りを聞いて、不意に思い出したのだ。空目は『彼女』を〝紹介〟して回っていたという言葉で。


『……紹介すれば、見えるようになるといった所かな』


蘇ったのだ。神野の言葉が。

そう。空目はたくさんの人間に、あやめを見えるようにしていたのだ。一人でも多くの人間に、〝神隠し〟の少女を認識させるために。と、いう事は……

「『彼女』、じゃないんじゃないかな……」

武巳は、ぼそ、と言う。

「？……どういう意味？」

「いや、もしかしたら……陛下は『彼女』というより、〝神隠し〟を紹介して回ったんじゃないかと……」

「！」

言った途端、その場にいた全員の顔色が変わった。

「……あ、いや……ちょっとそう思っただけで……深い意味は無いんだけど」

あまりの反応に、武巳は慌てて言い添えた。しかし皆の緊張は解けない。

「……あー」

思わず、思った事をそのまま言ってしまった。助け舟を求めて俊也を見ると、「余計な事を……」といった感じで軽く睨まれた。武巳は首を竦めた。

亜紀は言う。

「近藤……今日は冴えてるね……」

「……」

武巳としては失言だったので嬉しくない。

亜紀は、床を睨んで呟く。

「そうか……あれは〝神隠し〟そのものを紹介して回ってたのか。ならどうして、恭の字はわざわざ犠牲者を増やすような真似をしたんだろう……？」

それを聞いて武巳は驚く。武巳が神野から聞いて、初めて知った〝神隠し〟のシステム。それを亜紀はかなりの部分、把握しているようだったからだ。

「犠牲者を増やすのではなかったら、どうして皆に見せて回った？　実際、行方不明になったのは恭の字だけで、他の人間はみんな無事。最終的に自分が一番長く行動を共にしているわけだから、犠牲になるのが自分だとは目に見えているはずだ………だとしたら、なぜ？」

亜紀の思考は加速する。思考が反映されて、亜紀の視線が目まぐるしく動く。

稜子が不安げに、声をかける。

「亜紀ちゃん……？」

「……どうして？　初めから自分が犠牲になる気なら、何でわざわざ周りに紹介を？　目的は何？」

亜紀は反応しない。呟きながら、思考に没入している。

やがて、ぴたりと亜紀の視点が定まった。

「……可能性はある。どうかな……？」

「───解ったのか？」

武巳が勢い込んで訊く。亜紀はうるさそうに手を振る。

「推論だけだよ。確実なものじゃない」

「それでもいいから！」

「そう？」

亜紀は溜息をつく。

「悪い結論じゃないね……一つの可能性は恭の字に何かあった場合、犯人は『彼女』だと皆に知らしめる事。私らに『彼女』への注意を喚起させて、可能ならば自分を助けさせる、もしくは手伝わせる事も期待している。さもなくば私らに『彼女』を告発させようとしている……と。これが一つ」

「うん」

「もう一つは『彼女』の影響力を薄めようとしている事。『彼女』が自分に関わった人間を失踪させる〝能力〟の持ち主とすれば、より多くの人間に関わらせる事で〝能力〟の対象を拡散させて、恭の字自身の失踪を遅らせる事ができる道理だ。恭の字はそれを狙った……これが二つめ」

「……うん」

「で、最後の可能性が――――これは飛躍があるけども――――『彼女』をあくまで人間として広める事で、〝神隠し〟としての『彼女』の存在を薄めようとしたんじゃないか、という事。恭の字はもしかしたら『彼女』を〝化け物〟から〝人間〟に変化させるつもりだったのかも知れない。恭の字の弟が〝神隠し〟に攫われたって言ってたね？　恭の字は今でも弟の喪服を着てるって言ってたね？　これはとんでもない飛躍だと思うけど、恭の字は今でも弟を助け出すつもりでいるのかも知れないよ。本物の〝神隠し〟を手に入れて、〝神隠し〟に攫われた弟を助ける、足がかりにしようとしてるのかも………知れない」

言っていて自信が無くなったのか、亜紀の声は最後に小さくなった。

そして、

「……いや、最後はあり得ないね………何にせよ、恭の字はただ消えてしまうつもりなんか無いって事。私の予想が正しければ、恭の字は自力で帰ってくるつもりか、私らの助けが来るのを待ってる。つまり脈はあるって事だよ」

そう言って、締めくくった。

武巳は圧倒された。稜子などは、ぽかんと口を開けている。確かに飛躍かもしれないが、あの短時間でそこまで考える頭が信じられなかった。やはり、武巳と亜紀とが同じ頭脳を持っているとは到底思えなかった。

「あり得ない……わけじゃないな」

俊也は言った。

「空目がそういう事を考えないという保証は無い。むしろ、そう考えるだけの素地を十分持ってるだろう。最後の推論の可能性は十二分にある。ただ……そうなると空目はそのために、無茶をする理由があるって事でもある。危険性は増えたと見るべきだろう。空目は確信犯で〝神隠し〟を懐に引き入れた。希望があるとすれば、空目がそのために予防線を張っている可能性がある事だけだ」

「そだね」

亜紀は頷く。

「でもそれは大きいよ。知識も、頭の切れも、この中で、恭の字に敵う奴は居ないんだから」

「確かに……」

「恭の字が味方になってるのと、なってないのじゃ、えらい違いだよ」

4

夕方、武巳が寮に帰ると、同室の沖本はまだ帰っていなかった。

沖本は同じ部活動の女の子と付き合っていて、門限七時ぎりぎりまで市街の方で遊んでいる事がよくある。もしかすると今日も、正門以外の場所から帰って来るのかも知れない。

昨日は武巳が門限を破った。男子寮は女子寮と違って、同室者さえ黙っていれば、門限破りも外泊も簡単に隠蔽できる。寮では一年ごとに希望によって部屋換えが行われるのだが、武巳と沖本は一年のあいだ仲良くやって、すでに共犯関係が成立している間柄だった。よって相手がいつ帰って来ようが、気に留める事は無い。

結局その日、空目についての進展は無かった。

希望だけは見えたが、何も手がかりは見えなかったというのが今日の実情だ。後からよくよく考えてみれば不思議なのだが、武巳と俊也、亜紀と稜子は、昨日の調査については、互いに何も触れなかったのだった。

武巳は、最後まで神野に会った事を話す決心がつかなかったので、正直これは都合良くはあった。無論、それ以上に焦りも感じ始めてはいるのだが。今の所、武巳達は空目の行方に、かすりもしていない。

窓の外は、そろそろ薄闇の支配が始まりかけていた。

そろそろ電灯が必要なくらい、室内も相当に薄暗い。それでも日中入り続けた陽光の輻射(ふくしゃ)が残り、室温は思ったよりも暖かかった。

武巳はコートを脱ぎ、ベッドの上に放った。

一息つく。

そして、ふとある事を思い出して——————武巳はコートのポケットをまさぐった。

携帯を取り出すためだ。

武巳はあれから暇さえあれば空目の携帯へ電話をかけている。今の所空目と直接連絡を取る手段が携帯以外に無いからだ。

だが、いくらかけても、電話は電波が届かないと言って、繋がらない。それでも武巳が試みを続けているのは、時々——————ほんの時々だが——————圏外の通知音声ではなく、通常の呼び出し音が、鳴る事があるからだった。

ただ、ほとんどの場合が一コールと経たずに切れてしまうのだが。

この事から考えるに、どうやら空目は、電源を切っているわけではないらしい。

という事は、ずっと続けていればいつかは繋がるかも知れない。武巳はポケットから携帯を引き出す。すると、携帯と一緒に小さな物がポケットから出て来て、かつん、と小さな音を立てて床に落ちた。

「――――?」

床のそれは、ころりと転がる。

最初は全く、武巳はその正体に思い至らなかった。しかし目で追ううちに、すぐにそれが何であるかを思い出した。

「あ……」

武巳は思わず声を漏らす。

忘れていた。それは〝鈴〟だった。

神野から受け取った鈴。それを武巳はコートのポケットに突っ込んだまま、その存在をすっかり忘れていたのだ。

これは空目の元へと導いてくれる。そう神野は言っていた。

信じるつもりなど無かったが、全く黙殺してしまうには神野の存在は強すぎた。

神野に関わる一連の出来事を思い出せば、実の所こうして鈴を手にしている事すら無気味に思える。はっきり言ってしまえば、この鈴は気味が悪かった。多分本物の心霊写真などを手にすれば、こんな感覚を感じるのではないだろうか。

ＴＶ番組で心霊写真を見たりした時に、ざわっ、と感じる生理的な寒気に、よく似ていた。逆に言えば、この小さな鈴はそれだけの存在感を持っていた。今まで忘れていたのが不思議なくらいだった。武巳は鈴を拾い上げる。鈴はこそりとも音を立てない。中身が無いにもかかわらず、その鈴は奇妙な重量感を持っている。よほど重い金属でできているのか、ぶら下げて振ると充分な手応えを伝えて来る。

外見はとてもそうは見えないので、錯覚を起こして余計に重さを感じてしまう。中身の玉が抜かれている事を除けば、鈴の造り自体はお寺や神社で売っていそうな本格的な代物だ。精密に編まれた細い紐が取り付けられ、紐の先が輪になっているので、財布などに付けるアクセサリにする事もできそうだ。紐は黒く、つややか。なめらかな糸が幾重も編み込まれているのだが、それは綺麗であると同時に、妙な違和感を武巳に与えていた。

よく見れば、糸は髪の毛に似ているのだ。

恐らくこれが、違和感の原因だと思えた。漆黒の濡(ぬ)れた光沢は、紐に過分な存在感を与えている。重厚さ、不気味さ、そのどちらをも、異常さと紙一重といった様子で強調している。

「これは……」

怪しい鈴を手に持って、しばし武巳は悩んだ。

どう扱えばいいものか、見当がつかなかったからだ。

どう見ても気味が悪いのは間違いないが、もし本当にこの鈴が空目の居場所を教えてくれるなら、おいそれと捨てるわけにもいかない。普通でない人がくれた物なら、普通でない効果を期待しても罰は当たるまい。

悩んだ末、武巳は鈴を携帯のストラップ代わりに付ける事にした。

空目発見の手がかりになるなら、どんな藁でも試してみるつもりの武巳だ。

少し気になるのは、武巳がこれを俊也からひったくるような形で手に入れた事で、鈴の正当な持ち主は、もしかすると俊也かも知れないという事。だとすると、武巳がこれを持っていても全く意味が無いという事になる。

成り行きでずっと持ったままでいるのだが、果たして意味があるのか疑問だった。現に今の今まで何かが起こった風でもない。何も無ければ俊也に返してみようか、そんな事を考える武巳。その結論はひどくオカルトじみた、呪術じみた思考だったが、ここ数日の経験が自然と武巳にそのような考え方をさせていた。

本人に、その自覚は無い。

とりあえず自分の携帯に、鈴を結わえ付けた、その時だった。

ちりん

鳴らないはずの鈴が、鳴ったような気がした。

妙な顔になった。空耳？　いや、はっきり聞こえたような――

だが、

「!!」

直後、携帯から鳴り響いた頓狂な電子音に、武巳が一瞬感じた引っかかりは、その場で吹き飛んでしまった。突然の着信。携帯を落としそうになるほど驚いた。慌てて画面を見た武巳。

そして武巳は――そのまま息を呑んで、凍りついた。

着信――空目恭一

予想もしなかった事態に反応が遅れた。

一拍の間の後、先程に増した慌てようで、武巳は通話を押した。

瞬間、

「!?」

部屋が、視界が、真っ暗になった。電話が繋がった途端、まるでブレーカーが落ちたかのように、部屋に点いていた明かりが、一斉に消えたのだ。

「…………!!」

腕に、脚に、あっという間に鳥肌が広がった。

最初は恐怖のせいだと錯覚した。だが、すぐに感じた明らかな寒気が、それを否定した。刹那の恐慌が去った後も、鳥肌は消えない。実際に、部屋の空気の温度が何度も下がっていたのだ。

そんな暗闇の中、携帯の画面だけが、薄ぼんやりとした光を放っている。

冷え冷えとした冷気が、部屋に満ちている。

携帯からは、さーっ、と、砂のようなノイズが聞こえていた。

「も……もしもし？　陛下………？」

武巳は縋るように話しかける。心なしか、声が震えていた。

返事は無い。何かぼそぼそと喋っているような音も聞こえるが、声が小さすぎて、ノイズに完全にかき消されてしまっている。

もちろん内容などは、ろくに聞き取れない。

平坦(へいたん)なノイズの背景に波打った音が聞こえる程度で、少し聞いただけでは、言葉なのかすら怪しい。

「もしもし？　…………もしもし？」

声のようなものは、特に武巳の言葉に答える風ではない。

さーっ、

……ぼそぼそ、ぼそぼそ……

それは呪文のように、何かを呟いている。

こそこそと、何かを言っている。

「もしもし？　陛下なのか？　もしもーし……」

……こそこそ……

ふと、武巳は気が付く。

いつの間にか、携帯から聞こえている音が、ノイズだけになっている。

あの声のようなものは、もはや携帯からは聞こえない。聞こえるのは、さーっ、という、例の砂嵐だけになっている。

……こそこそ、こそこそ、

だが、声が、聞こえる。

しかし携帯からは、その声は、聞こえていない。

……こそこそ、こそこそ、こそこそ…………

気づかざるを得なかった。

その囁き声は。武巳の背後から、聞こえていた。

……こそこそ、こそ…………ましょう……

いる。

武巳の全身が硬直する。

今やその囁きが聞き取れるほど、『それ』は近くに居る。その気配がはっきりと、伝わってくる。

わかる。

『それ』はそこに、立っている。武巳の背後に、立っている。

気配。

人の、気配。

いや、人の形をした――人の形をしただけの、人のものではない気配が。

……ましょう、行きましょう、いっしょに、いっしょに、たのしいところへ…………

ぼそぼそと呟きが聞こえていた。『それ』はだんだん、近づいていた。

こそこそと、かすれたような声。こそこそと、囁くような呟き。それが足音も無く、徐々に
徐々に、武巳の元へとにじり寄っていた。気配がにじり寄っていた。

気配が、背中を圧迫する。視線が、背中を這いまわる。

見られている。

近づいている。

暗闇の中、何かが。何かが――


「…………！」


それでも、それでも……武巳は振り向く事が、できなかった。

ヤバい、ヤバい、

武巳は心の中で叫ぶ。

確かに電話は繋がった。だが繋がっては、いけなかったのだ。

繋がったから、来てしまった。〝向こう〟の世界から、繋がりを伝って。

もっと早く気づくべきだった。どうして今まで気づかなかった? こんなに空気が変わっている。知っていたはずじゃないか。この空気が、何なのか。そうだ。これは、これは——

あの夜と、同じなんだぞ——!

……行きましょう。さあ、わたしといっしょに行きましょう。さあ………

がちがちがち。

歯の根が合わない。震えが止まらない。

こんなに寒いのに、汗が止まらない。動かない。身体が動かない。

本能が拒否する。振り向くのを拒否する。背後には——居る。見てはいけないものが居る。恐ろしいものが立っている。すぐ後ろに立っている。

『それ』はもう、触れるほど近くに立っていた。息づかいも聞こえてくる。脚に、背中に、肩に、頭に、『それ』は触れんばかりに近づいている。ぴったりと、背後に寄り添うように立っている。『それ』は、武巳の耳を覗き込んだ。じいっ、と武巳を見ていた。視線が、吐息が、横顔の辺りを舐めまわす。武巳を、じいっ、と覗き込む。

ゆらあ。

そして。背後の気配が、動いた。

気配が、その両手をゆっくりと、武巳の頭の辺りまで、持ち上げた。その手は、明らかに何かを持っていた。それが武巳の頭に触れるように近づいて来る。気配が、空気の動きが、襟足を、耳を、頬を、ぞーっと撫でる。

それは、

ヤバい、ヤバい、

武巳には判った。『それ』が手に持っている物を。

今から『それ』が、何をしようとしているのかを。

ヤバい。

武巳には判った。それが、何であるかが。

判った。それが目隠しだと。それを武巳に被せようとしているのだと。

そして――――判った。『それ』は、そのまま武巳を、何処かへ連れ去ろうとしているのだと。

判った。これは――

これは――

〝神隠し〟――――！

総毛立った。

ここに居るのは、空目を攫いかけたモノ。

そして空目の弟を攫ったモノ。そのもの。いまだに空目の弟は行方不明のまま。何処とも知れぬ場所へ攫われ、その生死すら定かではない。

そうしたモノが、いま武巳の後ろに居る。

立っている。

呟いている。

呟きながら、手を差し伸べて来ている。

……ょう、行きましょう、行きましょう、さあ。行きましょう、行き……

耳元で。

息が、触れた。

恐怖が、爆発した。

「――――――――――――――――――――!!」

叫んだ。しかし口から悲鳴は出なかった。

目隠しされればお終いだと、判っているのに動けなかった。『手』は、もう武巳の頭の上まで差し上げられていた。ゆっくりと、それは頭の上を越える。目隠し布がもうすぐ目を塞ぐ。

見てはいけない存在、見てはいけない世界、それらを見せないために、おそらく目隠しはされる。

見れば正気を失う、それらを見せないために目隠しをする。

目隠しをすれば、準備は終わる。

「――――――――!!」

視界の端に、何かが映った。

背後のモノではない、何かがベッドの脇に居た。

子供ぐらいの大きさの、白くて丸いぶよぶよした塊。それは生き物のように、ぐねぐねと蠢いていた。

武巳はその異形に既視感を憶えた。

数瞬の後、その正体に思い至った。

それは――――『それら』だ。あの夜に、武巳と稜子を取り囲んだ、姿無き、形無き無数の群れの中の一匹だ。

何だこれは。一見して、それは何だか分からなかった。

それはこの世に存在する、何物にも似ていない。

しかし、それから生える腕のようなものを認めた瞬間、その細部にようやく理解が及び、認識できるようになった。

そして同時に、今度こそ武巳は悲鳴を上げた。

それは、人間だった。

歪み、溶け崩れ、もはや原形を留めぬまでに変形し尽くした人体が、それでもなお生き続けながら、蠢いていたのだった。それが何だか、何故だか武巳は知っていた。異界の知識が、流し込まれたように頭に湧き出した。

これは、できそこないだ。

あの『異界』に取り込まれ、帰る事も、変わる事もできなかった、人間の末路だ。

攫われて、『異界』の中で、神隠しに変わる事も、人のままでいる事もできなかった不幸な人間はこうなる。『異界』に喰われ、溶かされ、もはやいかなる物にも見えないほど、歪められる。

これは人でもなく、化け物でもない、ただただ哀れな醜い異形だ。

自分の形も、とうに失くした忌むべき畸形だ。

ぶる、とそれが身震いする。塊に直接生えた、短い五指が蠢く。舌の無い口が、あらぬ場所に突然開く。口は、自身の溶けた肉にごぼごぼと溺れて行った。

助けを求めるように、肉塊が手を差し伸べた。

おぞましい肉から伸びる、一本だけ元の形を残す腕が宙を掻いた。

〝びゅるん〟という、その白い腕の動きには見覚えがあった。それはあの夜に、稜子の腕を掴んだ白い手だった。稜子の腕を掴んだのはこいつだったのだ。

「…………っ！」

新たな悪寒が背筋を駆け上がった。

武巳は戦慄していた。いずれ、こうなるのだ。

このままでは武巳も、空目も、あのようになるのだ。

それとも――


それとも。

もしかすると。

あれが、空目なのだろうか――――？

……さあ、行きましょう…………

目隠し布が、降りて来る。

もうすぐ準備が、終わるのだ。

準備が終われば、連れ去られる。手を引かれて、攫われる。

『異界』へ、

『異界』へ、

『異界』へ、

暗い視界の上端に、白く映える布が降りて来て――――

ぶつっ、

と視界が。

白く、塗り潰された。

…………

……………………

＊

「――――？」

視界を覆った白い色が。

急に点いた明かりのせいだと武巳が気づくまで、少しの間があった。

暗闇に馴れた目が、光を〝白〟ではなく〝光〟として認識するまでに、多少の時間を必要とした。見回せば、いつもの寮の部屋だった。異常なモノは、何もかも消え失せていた。

全く変わらない、いつもの自分の部屋だ。

恐る恐る振り返ったが、背後には、染みひとつ無い壁があるだけだった。

何かの気配も消えている。

電話は切れていた。一瞬、幻覚か白昼夢だと思ったが、着信記録を調べると確かに空目からの着信が記録されていた。

時刻は二分前。ずいぶん長い間ああしていた気がするが、現実時間では一分も経ってはいなかったらしい。だが、これで少なくとも幻ではない事がはっきりした。

安堵と緊張が、同時に武巳の胸に湧き上がる。そして武巳は、全てを悟った。

おそらく電話が切れたので、武巳は助かったのだろう。あの〝神隠し〟は電話が『異界』と繋がった、その繋がりを伝って現れたのだ。

電話が切れた事で、〝神隠し〟も接点を失ってここから切断された。

電話が切れなければ、武巳はあのままどこかへ攫われてしまったに違いない。

もしかしたら、そのまま現世とはお別れになっていたかも知れない。

助かった。

本当に。

武巳は、深く、胸の底から、息をつく。


途端、再び携帯が着信を知らせた。


「ひっ……‥…！」

今度こそ携帯を放り出した。しかし今度の着信はメッセージだった。

熱い物でも手にするように、びくびくしながら携帯を拾って確認する。送信者には空目の名前があった。先ほどとは別の、緊張による鳥肌が武巳の腕を覆った。

メッセージを開いた。

高校

桜

期待に反して、内容はこれだけだった。

だが考えてみれば、電話が切れてから三分と経っていない間のメッセージだ。電話が切れるか切るかし、そのあと電波が繋がるうちにと、濁点を使う言葉すら避けて最低限の変換候補で打ち込んだ文章なのだと知れた。もしかすると、武巳は空目に助けられたのかも知れない。武巳が危機に陥ったのを電話の向こうで察知し、空目は電話を断念して通話を切り、メッセージに切り替えたのだ。きっとそうだ。

ともかく、あれから初めて、空目と連絡が取れた。

空目からメッセージが来た。少なくとも空目は、武巳達と接触する気でいる。

早く、皆に知らせなくては。

武巳は慌てて携帯を操作した。

意識に追い付かない自分の手の動きが、ひどくもどかしかった。

六章　そして彼等はかく語る

1

いきなり武巳は後悔していた。

空目から連絡が来たと、最初に俊也に伝えたのが失敗だった。携帯を持っていない俊也の自宅にわざわざ電話を入れたのだが、用件を伝えた途端、電話を切られてしまったのだ。

「……高校……何だ？　学校に来いって事か？」

「判らないけど、多分……」

がしゃん。

何事かと電話をかけ直すと、家族の人が出て、俊也が家を飛び出して行ったと伝えられた。

と、なると、考えられる事は一つ。

抜け駆けだ。

慌てて亜紀の携帯に電話すると、即座に罵倒が返ってきた。

「この馬鹿者！　村神に言ったらそうなる事なんか分かりきってるじゃない！　ほんとあんた馬鹿じゃないの？」

「だってさ……」

「わかった、後はこっちで考えとく。あんたはもう何もするな。謹慎。いい？」

「でも」

　ぶつっ。

　けんもほろろ。聞く耳も持ってくれなかった。いくらこっちが悪かったとはいえ、これでは落ち込むなという方が無理な話だ。

　ぶつぶつ言いつつ夕食時間を過ごし、時刻はすでに七時半。

「……『もう何もするな』って……そこまで言う事ないじゃんかー」

　あそこまで言うからには、もう武巳に連絡が来る事はあるまい。準備を入れても歩いて十五分。すぐそこに学校はあるのに、何もできないというのはもどかしかった。

　武巳はベッドに寝転がり、まんじりともせず時を過ごす。考えてみれば、現在の進展は武巳のおかげと言ってもいい。にもかかわらずこのような扱いを受けるというのは、いくら何でも納得がいかなかった。

　武巳は格上の相手に強く出られると無条件で萎縮する。

　自分でも困っているのだが、だから亜紀と直接話しているうちは、そのような不条理に気づかなかったし、反論もできなかった。それもあって完全に舐められている。役に立っているのに、亜紀は武巳を冷遇している。

確かに普段は役立たずかも知れない。そこは武巳もそう思う。

確かに亜紀に比べれば格下かも知れない。だが今は別だ。今になって考えると、武巳は今回の件に関しては全てを見届ける権利がある。

そう思った。そうだ。何故なら。

空目に電話を繋げる試みを続けていたのは武巳だったし――――その結果として空目がメールをよこしたのは、他の誰でもない、武巳になのだ。

「…………」

武巳は無言で立ち上がる。

密(ひそ)かに決心を固めた武巳は、ベッドの下から予備の靴を引き出した。管理人室が近い正面玄関には靴を取りに行けないので、こうやって部屋の窓から外に抜け出す。武巳の部屋は一階だ。二階以上の部屋の者とは違って、特に工夫もなく窓から脱出する事ができるのだった。

「お、何、お出かけ？　珍しいね」

靴を履く武巳を見て、沖本がそう言った。

沖本は夕食の時間に間に合わなかったので、途中で買ってきたコンビニおにぎりを食べていた。

「頼んだ」

「おう」

沖本は笑って見送る。

武巳は窓から外に出た。

空には昨日と同じに見える、大きな満月が輝いていた。

＊

稜子と亜紀を後部座席に乗せ、黒い車が羽間の郊外を走っていた。

運転席には基城。三人とも、それぞれの面持ちで正面を見据えている。

空には月。雲の向こうに月があるのは分かっていたが、こんなに大きな満月とは思わなかった。何だか禍々しい月だと稜子は思った。もちろん口には出さない。代わりに訊いたのは別の事。

「……夜にサングラスって、危なくないですか？」

今の基城はサングラスをかけている。黒服に黒眼鏡というスタイルだった。

「…………あれ？」

二人とも何も言わない。そんなに浮いた質問だっただろうか？　思いながら稜子は二人を見回す。亜紀にはあからさまに無視された。やっぱり浮いていたのかなあ、と首を竦める。それとも、訊いちゃいけない事だったとか。

「仕事着なんです」

前を向いたまま基城は答えた。稜子は慌てて言い添えた。

「いえ、そういう意味じゃなくて…………似合ってますよ」

「ありがとうございます」

社交辞令的なお礼が返って来た。稜子はちょっと不服そうに頬を膨らませた。最初に基城がサングラスを取り出した時、稜子は正直ヤクザっぽさに拍車がかかると思っていたのだ。だが装着後をこうして見ると、ガラリと印象が変わる。

もっとスタイリッシュだ。映画で見た事がある。

「お世辞じゃないいんだけどなあ……」

稜子は小声でぼやいた。

亜紀が嘆息する。

「あのねぇ、稜子。私らは今から恭の字を助けに行くんだよ？　危険かも知れないいんだよ？そこの所、判ってる？」

「そんなこと言ったって……」

むぅ、と稜子は口を尖らす。そんな事を言われても、そう思ってしまったのだから仕方がないではないか。だいたい稜子自身はそんなに的外れな事を言っているつもりは無いのだ。空目さえも前に稜子の発言を、「稀有な発想の人材だ」と誉めてくれたのだ。

実は誉めてないのかも知れないが。

ともかく稜子は、それを思い出して、一人で溜飲を下げる。万事につけて稜子は切り替えが早かった。過去よりも未来よりも、今こそが大事だと思っている。たった今その時に、思った事、感じた事が、大事だと思っている。


…………


亜紀から稜子に電話があったのは、ほんの十分ほど前の事だ。

空目と僅かに携帯が繋がったと武巳から連絡があったそうで、それを基城に知らせた所、亜紀と稜子の二人を連れて今から学校に行く事になったというのだ。

「車で迎えに行くから、何とか抜け出して準備しといて」

無茶を言う亜紀に従い、ルームメイトに拝み倒して大脱出。通りに出た所で黒塗りの車に拾われた。すでに亜紀は乗っていて、学校までは十分足らず。女子寮は男子寮よりもさらに学校から離れている立地だが、車ならすぐだ。

そのまま車は、学校へ向けて走行していた。

「………あの、基城さん？」

気になる事があったので、稜子は後部座席から身を乗り出して言った。

「何でしょう」

「やっぱり……あやめちゃんは、退治しちゃうんですか？」

「ええ、そればかりは仕方ないですね」

基城はそう答える。

「そうですか……」

やっぱりそうか、と稜子は溜息をつく。皆には——特に空目には——悪いと思うが、稜子はどちらかと言うとあやめに対して同情的だ。

あやめが空目をこの世ではない所へ連れて行ってしまうのだという事は理解しているし、そうなると稜子だって悲しい。だが悲しいには違いないのだが、何故だか不思議と稜子はあやめの事が嫌いにはなれないのだった。やはり最後に見た、あやめのあの表情を見たせいなのだと思う。稜子は今まであんな表情をした人間を見た事が無かった。どんなに演技のうまい女優でも、あんなに、あんなにも切ない表情はできないのではあるまいか。

まるで、今から自分にとっての大切な物、その全てを手放そうとでもしているかのような——あの少女の、表情。

一体どういう意味なのか、稜子の中では未だに結論が出ていないのだ。

「日下部さんは、もう情が移ってしまった？」

「はい」

基城の問いに、稜子は正直に答えた。バックミラー越しに、無表情だった基城が、微かに微笑んだ気がした。

「優しいですね。でも安心しろ、と言うのも変ですが、実は今の所『彼等』を駆除、つまり確実に殺してしまう方法は、ありません」

「――――え？」

意外なものを見て、また意外な事を言われ、稜子は二重に驚いて、思わず聞き返していた。一瞬、思考の整理がつかない。だが、言われてみればあの病院の中で、そんな事をちらりと聞いたような気もする。

基城は言う。

「実は我々にできるのは、追い払う事だけなのです。空目恭一という人物を『彼女』の被害から奪取する、できるのはそこまでです。怪異に直接手出しすれば、無事で済まないのは一方的に人間の方です」

「そうなんですか？」

「ええ」

稜子は首を傾げる。具体的には全く分からない。だがイメージ的には、何となく分かるような気もする。

「我々にできるのは、『彼女』に空目君の事を諦めてもらうだけです。文字通りの意味で退治まではしない――――というより、できません。我々にできる事は空目君を無事に人間の側に取り戻し、『彼女』には今までのまま人間に関わらないでいてもらう、というものです。追い払う、帰ってもらう、という意味で、『退治』と言っている。少しは安心しましたか?」

「あ、はい、まあ……少しは」

とりあえず戸惑いながら、稜子はそう答える。本当は理解し切れていないし、そんなに簡単に割り切れるものでもなかったが、意外にもこちらに気を遣っているかのような折角の基城の言葉を、無下にするのも気が引けたのだ。

だが、そうなると別の疑問も湧く。

「あの……じゃあ、追い払うっていうのは、どうやってやるんですか?」

稜子は訊いた。

「ああ、それは……」

答えて基城が何か答えかけた途端、今まで詰まらなそうに窓の外を見ていた亜紀が突然口を開いた。

「……ちょっと停めてもらえます？」

「どうしました？」

基城が話を打ち切って訊ねる。

「知人です」

そう亜紀は答えながら、窓の外に見える、たったいま追い越したばかりの歩行者を稜子に示して見せた。息を切らせて歩道を走っている人物には見覚えがあった。

「…………武巳クンだ。何で？」

「今回の件の関係者ですか？」

「そうです」

「わかりました」

それだけ確認すると、基城は何も言わずにすぐ車を停めてくれた。他に通行車が無いので、そのまま武巳の所までバックさせる。亜紀が窓を開け、外に顔を出した。

「近藤、あんた何やってるの？」

声をかける。稜子も一緒になって顔を出す。

「やっほー、武巳クン」

武巳は立ち止まり、ひどくばつの悪そうな顔をした。そして同じくらい、疲れてふらふらになっていた。

「……そ……その車は？」

話題を逸らすかのように、武巳は肩で息をしながら質問を返してくる。

「これ？　これはゴーストバスターズの車。女の子のお化けを退治に行く途中。で……あんたは？」

「え？　お、おれは――――」

冷静な亜紀の問いかけに、武巳の視線が泳ぐ。

亜紀が促す。

「俺は――――何？」

「――――え、えーと……お、おれを……おれも、学校に連れてってくれ！」

覚悟を決めたのか、武巳は言った。亜紀が大きく溜息をつく。

「……私は謹慎を命じたはずだけど？」

「亜紀ちゃん、それは少しかわいそうなんじゃ……」

「困ったな……基城さん、どうします？」

亜紀は問う。基城が運転席から振り向いて言った。

「仕方ありません。乗ってもらいましょう。来てしまった以上、関係者は一箇所に集めておくに越した事はありません」

運転席からの操作で、助手席のロックを開けた。亜紀が目線で示すと、武巳はすぐに車へと飛び乗る。車は静かに動き出した。しばらく車内には、武巳がぜいぜいと喘ぐ音だけが聞こえた。

「大丈夫？　武巳クン……」

気遣う稜子。武巳は、頷くだけで答えない。ちらと亜紀の方も気にしている。命令違反を気にしているようだ。無理を言ってるのは亜紀の方なのだから、気に病む必要は無いのにと稜子は思う。

それでも武巳は、こうなのだ。でも武巳のこういう気弱な所は、正直稜子は嫌いではない。かわいいと思ってしまう。

「でも結局、みんな揃っちゃったね」

稜子は言った。

「やっぱり結局、こうなるんだね……」

亜紀も諦めた声で、そう言った。学校まであと数百メートル。

「急ぎましょう、基城さん。村神は多分、とっくに学校に着いてますよ」

基城は黙って頷く。

亜紀もそれきり黙ってしまった。稜子は基城の事を、どう言えば武巳に簡潔に説明できるか考えていた。

武巳は肩で息をする。

車内に沈黙が降りた。

言葉を見つけられぬまま、皆、祈る殉教者のように黙っていた。それぞれの思いをよそに、学校は見る見る近づいてゆく。

2

村神俊也は走っていた。

正門を乗り越えるのは容易いが、警備の危険を避けて、裏手の山から侵入。そのまま空目を探して、敷地を走っていた。

この聖創学院大付属高校、通称『聖学付属』の敷地は広い。夜間ゆえ建物には入れないが、それでも有数の敷地面積は伊達（だて）ではない。大声で呼ばうわけにもいかず、俊也はただ黙々と、風のように、その体軀を疾らせる。

学校は静かだ。煉瓦とコンクリートの建造物、そして樹木が混在する夜の学校。その風景は月に照らされて、どこか廃墟（はいきょ）のような、静謐（せいひつ）さをもって広がっている。

空目の姿は見当たらない。それどころか動く物すら。

そこはただ、別世界のように横たわる静かな静かな領域だ。

どこまで走っても、その青白い闇は広がっている。

月明かりの、蒼い闇は広がっている。

小さく舌打ちし、俊也はようやく足を止めて、辺りを見回した。

「ちっ……」

軽く息をつく。多少息は上がっていたが、乱れてはいない。その証拠に二、三の呼吸で、ほぼ平静な呼吸を取り戻す。武巳からの電話の直後に家を飛び出し、学校近くでバスを降車、その後一キロ以上を疾走してきた人間としては、驚異的と言える。

周囲には桜並木が広がっている。

月明かりが降り注ぎ、木々の、校舎の、そして俊也の影を、大地に落としている。

空目の姿は、ここにも見えない。

無言で、ぎり、と、拳を握り締める。

「…………!!」

俊也は、苛立っていた。

それは未だに空目が見つからない事もあるのだが、校内に入ってから、ずっと奇妙な違和感を感じ続けているのが最大の理由だった。

その言い知れぬ微妙な感覚が、先ほどから俊也を苛立たせている。最初のうちは気づかなかった。気づかないまま、違和感と不快感に戸惑い苛立っていた。しかし一度立ち止まり

——周囲に意識を向けた瞬間、俊也はその正体を知る事になる。音が、無いのだ。異様な

ほどの静寂が、この敷地には満ちていた。

こうして周囲に耳を澄まし、気配を探ればすぐに判る。

自分以外、この一帯で音を出すものは存在していないのだ。桜の葉すら、かさりとも音を立てない。

夜の静けさ、とはまた違う。夜というのは無音ではない。空気の音、動物の音、虫の音……人の立てる音以外にも、夜は別の様々な喧騒に満ちているのだ。特にこの学校のような、山の中では。

にもかかわらず————ここには、一切の音が無いのだった。

きぃーん、と耳が痛くなるほどに、本当の無音が満ちている。

無音で夜気が張り詰めている。まるで月明かりが音を吸収しているかのようだ。何かがおかしかった。何かが不自然だった。しかし何が不自然なのか、俊也には答えられない。学校の夜とはこういうものなのか？　そう思って、眉を寄せる。

そして疑問に思いながらも、一方で、異常を確信している自分も認めていた。

ここに満ちる静謐は、間違っても、人の精神に平静をもたらすような種類のものではないのだ。

〝冷たい静寂〟

不安を煽り、人の心を凍らせる、そうとしか呼べないもの。それが————この周囲一帯を、冷たく、静かに、支配していたのだった。

空目は見当たらない。

気ばかりが、焦った。

「携帯くらい、持っとけば良かったか……？」

俊也は一人呟く。真っ先に行動したつもりが、こんな所で足止めを食うとは思わなかった。面倒臭いと嫌った携帯の有無がここで祟るとは。早くしなければ、武巳か誰かが追いついて来てしまう。

俊也は再び駆け出した。

無い物ねだりで足を止めるほど、俊也は愚かではない。無駄な事を考える暇も、もはや失われた事を自覚していた。早く、一刻も早く、空目を見つけて、この事件に片をつけなければならない。

そう。

迅速に。

一人で。

誰も関わらせる事なく。

無言で、俊也は校庭を疾走る。すでに学校は一周していた。探していない場所は、もう屋外では思い付かない。建物の中には入れない。それは空目だって同じ事。だから行き違いを想定して、俊也はもう一度校内を走る。

しかし何となく、心のどこかで気づいてはいるのだった。

このまま走っていても、空目は決して見つからないのではないか、と。

ただの人間が、徒手空拳で手に負える世界では、なくなってしまっているのではないかと
——

予感を無視して、俊也は走る。

*

正門前に立った瞬間、亜紀を包んだのは、夜の学校の異様な静けさだった。

きぃーん、と、耳鳴りがする。音の受容器官である耳は、ともすると音なしには正常な状態を保てないのかも知れない。得体の知れない不安を感じ、亜紀は音を求めるように、一人言葉を口にする。

「静かだね……」

「静かですね」

黒塗りの車から、黒服の基城が『ＭＩＢ』のごとく降り立った。

『メン・イン・ブラック』

ＵＦＯに関わった人の周囲に出没するという、黒服の怪人物。映画にもなった。実際基城の姿は、それこそ映画のワンシーンのようだ。だが感じるのは格好良さより、実体の生々しさや不気味さが強い。

そもそも、映画の元ネタになった『メン・イン・ブラック』とは、アメリカの都市伝説だ。ＵＦＯや宇宙人を目撃した人間の元に、黒いスーツにサングラスの人物が訪問して来て、目撃を他言しないように警告、脅迫して来る、という噂だ。空目に教えてもらった事がある。政府機関を名乗り、しかし問い合わせても該当の人物はいないと返ってくる。そして目撃者が要求に応じない場合、周囲に黒服の影が見え隠れするようになり、監視され、不可解な事故や事件が起こるようになり、通報しても警察は取り合わず、やがて目撃者は行方不明になるか殺害される………

「静かすぎる。〝無音円錐域（コーン・オブ・サイレンス）〟の可能性があります」

周囲に目を配りながら、基城はそう所見を述べた。

「コーン……何ですって？」

「『コーン・オブ・サイレンス』。ＵＦＯとの接近遭遇事件などで報告されている無音領域の事です」

急にＵＦＯなどの話になって、亜紀は面食らった。

「日本語で〝無音円錐域〟。ＵＦＯとの遭遇者の体験談には『周囲の音が消えた』という報告が多く、その時はこのフィールドに覆われていると言われています。これは他にも幾つかの怪奇現象――特にタイムスリップなどの異常空間遭遇で――よく似た現象が報告されているもので、〝普通でない場所〟に入り込んでしまった人が、急に周囲から一切の雑音が無くなったり、その場所を非常に静かに感じたり、という経験をするんです。もっとも『これ』がそうだとは、なにぶん未知の事ですので、断言できませんが」

言われてみれば、周囲にこれほど存在する木の葉が少しも音を立てないのは少々不気味に思える。

だが、いま亜紀が感じた不気味さは、それではなかった。

全身黒いスーツに、サングラスをした、黒ずくめの基城の姿。

ただ『国家公務員』とだけ肩書きが印刷された、奇妙な名刺を思い出す。

まさか、ね。

基城と目が合った。亜紀は思わず視線を外した。

「……」

目を外した先には稜子がいた。

「へえー、初めて見た。校門が閉まってるとこなんか」

などと妙に楽しそうに言っている。万年躁病（そうびょう）の気があるので元気なものだ。そして呑気なものだ。

隣には武巳。

「うん、ほんとだ。印象違うもんだなあ」

負けないくらい呑気な事を言っている。亜紀は内心で苛立ちを感じた。自分が連れて来ておいて何だが――この黒ずくめの男に何の危険も感じないのだろうか？　亜紀の説明を丸呑（まるの）みで信じているのだろうか？

基城について武巳には、『幽霊退治を職業にしている人』だと移動中の車内で説明した。我ながら無茶苦茶な説明だと思うが、武巳には思う所があったようだった。

「え、『ゴーストハンター』の人なんですか。テレビで見た事があります」

と言っていた。亜紀は映画か何かだと思ったが、どうやら違うらしい。

「え、知らない？　ポルターガイストの現場とかに、カメラやセンサーや計器類を持ち込んで張り込みするやつ。おれが見たのはイギリスのやつだったかな？」

言われてみればそんな物もあった気がする。だが、あれは確か学者だかの集団ではなかっただろうか？　こんな黒ずくめではなく……

「では、行きましょうか」

そんな基城の言葉で、亜紀は我に返った。

「あ、はい」

思わず思考モードに入ってしまった自分を戒めた。今はそんな場合ではない。

基城と共に校門に近づいていった。どうするのかと思っていたら、基城は無造作に門を開けた。鍵は掛かっていなかった。驚く皆に、基城は言った。

「警備には黙っていてもらうよう手配しました。今夜はこの中で何をやっても、誰も出て来ません」

とんでもない事を言い出した。

言いながら基城は人ひとり分の隙間を開け、するりと中へ滑り込んだ。

格子の向こうから手招きした。

「さ、早く」

皆、顔を見合わせ意を決する。順に門の内側に入り込む。

基城は再び門に手を掛けた。極力音を殺して、元通りに、門は閉じる。

3

聖学付属の敷地は大きく二分割できる。

南に正門。そこから西側が校舎エリア。東側が付属施設エリア。

中でも大きな敷地を取っている、グラウンドとプールを差し引いたとしても、割合は圧倒的に施設エリア側が広い。クラブ棟、武道館、図書資料館……そういった施設の合間合間に、小さな公園のごとき空白地が点在しているからだ。

施設の拡充を見越した用地計画の結果だが、ベンチなども据えられて、空き地のままでも生徒はけっこう有意義に使用している。校舎群でぎっしり占められている西側とは対照的だ。

桜はその施設方面、東側に多い。いかなる意図があっての事か、無用に多くの桜が植えられていた。

武巳の先導で、一同は散りかけの桜並木を歩いていた。

はらはらと無数の花びらが舞い散り、月明かりに照らされた桜で、天地が真っ白に覆われている。

綺麗だな、と武巳は思う。

だが、その美し過ぎる光景は、もはや幻想的などという表現を通り越して、狂的な凄絶さを孕(はら)むに至っている。

『桜の森の満開の下』

坂口安吾の、そんな題の小説を思い出す。それは見る者全てにうっすら怖気を振るわせる、そんな美しさで静かに世界を覆っている。妙に落ち着かない気分を黙殺し、みな押し黙って歩いていた。桜の下。空目はそこに、いるかも知れないのだ。

空目のメールだけが、唯一の手がかりだった。

『桜』

武巳は確かに覚えがある。

クラブ棟の裏手、その桜の下に、空目が好んで使っているベンチがあるのだ。

空目に桜と聞いて、そこ以外は思い付かない。

しかし――――

「…………おかしい……何で……？」

武巳は途方に暮れていた。

クラブ棟脇をいくら巡っても、目的のベンチが一向に見つからないのだ。

どこにもない。亜紀も稜子も首をひねっている。確かこの辺りに、それはあったはずなのだ。

クラブ棟の裏手。皆その辺りにあった事は、確かに憶えている。しかし正確な位置となると、どうしても曖昧にしか思い出せない。いくら探しても、その場所が見つからない。

歩き回っていると、桜の下をぐるぐるぐるぐる、ずっと同じ場所で回っている気分になる。

不可解な記憶の霞に、皆戸惑った。まるで記憶からも、現実からも、その場所がぽっかりと抜け落ちているようだった。案内されている基城は何も言わない。だが幻惑されているような皆の反応に、疑う気は無いという意味なのか、目が合うたびに頷いて見せた。

皆、血眼になってその場所を探していた。

騒ぎはしない。だが、静かに必死になっていた。

静かな恐れが、全員の胸中を満たしつつあった。

いずれ溢れそうな、冷たく静かな恐怖の水。それを胸の中に感じながら、必死で見つからない目的地を探すうちに——武巳達が先に校内を捜索していた俊也と出くわしたのは、程なくしての事だった。

＊

足音が聞こえたので、はっ、として武巳がそちらに向かい、建物の角を曲がると、いきなり俊也と目が合った。

「近藤か……」

開口一番、俊也は渋い顔をして言う。どうやら人のいる音を聞いて、ここまでやって来たようだ。

という事は俊也の方も、まだ空目を見つけてはいない。

話し声を聞きつけて、稜子が顔を出した。

「どうしたの？　見つかった？」

そしてぞろぞろ姿を現した皆を見て、俊也は目を丸くした。

「……どういう事だ？」

武巳だけが追いついて来たならともかく、亜紀も、稜子も、そのうえ見知らぬ男までがいる事に、俊也はひどく驚いていた。

「ご挨拶だね」

亜紀が皮肉げな口調で応じる。確かに武巳も思う所はある。だが人手は多い方がいい。手伝ってもらおうと、武巳は俊也に状況を説明した。

「陛下がさ、メールで『桜』って書いてきただろ。で、陛下で桜って言ったらあのベンチだろ？　今探してるんだけど、全然見つからないんだ。場所も判ってるのに、全然思い出せなくて……」

ベンチの事を忘れていたらしく、俊也は苦りきった顔をして聞いていた。

そして、

「思い出せないって、お前………」

と、しばし宙に目をやり、やがて首を振る。

「本当だ。記憶が妙に曖昧だ。空目がベンチを使ってるのは思い出せるのに、自分がどこから見てたかとかが思い出せない。見れば分かる自信があるんだが」

「だろ？　やっぱり同じだ」

俊也の訴えは他の三人と同じものだ。やはりその場所は『隠されて』いる。そう武巳は確信する。

だが俊也の意識は、すでに別の所に移っていた。

「────で？」

それはいいんだが、と俊也は視線を移した。

「どうしたんだ？」

「……誰だ？　そいつは」

警戒の目つきで、俊也は基城を見ている。唯一の大人にして唯一の部外者。彼が何者で、何のためにここにいるのか、明らかに俊也は量りかねていた。

基城は意に介さず、俊也を見ている。

「この人は、幽霊退治の人だってさ」

亜紀が言った。

「私の方の当て、だよ。無償で協力してもらえるみたい。あの女の子の幽霊を追い払う方法を知ってるってさ」

「基城といいます。あなたが村神君ですね？　よろしくお願いします」

「……どうも」

一応友好的に挨拶を交わした。しかし言いながら、お互い会釈もしない。

俊也の目は今も警戒したままだし、気のせいか武巳には二人が微かに身構え、互いに間合いを取っているように見えたのだった。多分俊也の纏う張り詰めた空気が、そんな雰囲気を錯覚させるのだろう。

沈黙も一瞬の事だった。亜紀が重ねて訊ねた。

「そういうわけ。で、村神。あんたの方の当てはどうだったの？」

「……」

村神は黙る。何と答えようか考えているようだった。

武巳もだ。あの神野に会った経験を、一体どんな風に話せばいいのか、ちょっと見当がつかない。武巳は思い出す。どれもこれも、理解不能な会話と現象ばかり。だがそれで武巳は、ふとある事を思い出した。

ある『事』、というか。

ある『物』。

鈴だ。

りん、

瞬間。

武巳の耳に、鈴の音がこだました。

「…………え？」

武巳は耳を疑った。

月光と桜花に満たされた静寂の中、その鈴の音は、凛、と響いたのだ。

あの鈴の音が、〝聞こえた〟ではなく〝こだま〟して。

「鈴が――――聞こえる」

武巳は一歩、ふらりと進み出る。その様子に全員が会話を中断して、驚いた顔で武巳に注目した。

「どうしたの？　武巳クン……」

稜子が恐る恐る訊く。

「…………こっちだ」

武巳は背を向け、耳を澄まして音のする方向を探る。

りん、

また聞こえた。

武巳は桜に囲まれた、やや開けた辺りに、歩を進める。

皆は気味が悪そうに眺め、その場から動こうとしない。音は一方向からの反響のようで、微かで、儚いが、聞けば方角はたやすく特定できる。

「鈴の音だよ。聞こえないのか？」

武巳は言った。

りん、

だが誰も反応しない。今度は武巳が、気味の悪そうな顔をする番だった。

「もしかして………誰も聞こえない？」

「……」

稜子がわずかに躊躇し――――頷いた。

「……うん」、

冷水を浴びたように、ぞっ、と背筋が凍りついた。

りん、

「やっぱり聞こえる……！」

武巳自身、自分の声が泣きそうに聞こえた。

皆のいる場所に戻ろうと身を翻す。それを止めたのは俊也の声だ。

「それだ！　探せ、近藤！」

「えぇ！」

「あの『霊能者』の鈴だろう！　あいつがイカサマ師じゃないなら、その音の先に空目がいるはずだ！」

「あ……」

恐怖で思考がぶっ飛んでいた。確かにそうだ。

他の全員が「何の事だ？」という顔をする。武巳は震える手で、ポケットから鈴を取り出す。携帯にぶら下がった、その鈴には、何の変化も無い。空っぽの鈴は、相変わらず「ちりん」とも音を立てない。

しかし武巳には、確かにその鈴が鳴ったのだと、わかった。

「……な、何でおれが？　話してたのは村神じゃないか！」

狼狽した声を上げる武巳。

「受け取ったのはお前だ！　多分、最初に手にした人間が持ち主だ！」

俊也が言い返す。

りん、

と鈴の音は、さらに響く。

「村神ぃ……もう、すぐ近くから聞こえてるんだよ！　どうすればいいんだ？」

「知るか！　見えないならそのまま捕まえろ！」

「そんな無茶な……！」

それでも武巳は言われるままに、恐る恐る両手を突き出して、音のする場所へ近づいて行った。

りん――――りん――――

音がさらに近くなる。

「う……」

急に何故か足が竦む。得体の知れない不安感が、心臓をきりきり締め付ける。

ある時点で、自分は進んでいるつもりだが、必死で走っても少しも前に進まない夢のように、足の力が萎えた。

そこから鈴が聞こえなければ、その先には、武巳は絶対進まなかっただろう。

しかし、聞こえるのだ。武巳は必死に足を前に出す。本物の夢の中のようだ。身体は水の中でもがいているかのよう。少しも進まない。ただただ焦りだけが、爆発しそうに体の中で膨れ上がってゆく。

だが、後ろからは俊也に、進めと強いられる。

鈴の音も、先導するように聞こえて来る。

武巳は、必死に足を前に出す。

何も無い空間に、しかしひどい抵抗を感じながら、やがて強まる抵抗に一歩も前に進めなくなって————武巳は、空気に自分の体を押し込もうとするように————その一歩を、強く踏み込んだ。

瞬間、
世界が、ひっくり返った。

「!?」

急に全身に現実感が戻った。目の前の景色とも意識とも判らないものがぐるりと回転し、今まで見えていた景色が、そっくり同じな、しかし全く違った、そうとしか言いようのない風景に、いきなり切り替わった。

呆然とした。

心臓はまだ早鐘のように鳴っていたが、それは全てが過ぎ去った後のものだった。

震えも鼓動も収まってゆく。武巳は、その感覚を知っていた。

その、現実離れした感覚。

武巳にとってひどく遠く、しかしまた、とても馴染んだ感覚。

否、皆にとっても同じだろう。武巳は息をつく。その感覚を味わったものが、そうするように。

そう、それは――――

それは、夢の目覚め。

＊

先ほどと同じ、少し開けた桜の広場。

頭上は桜に覆われ、地面も桜の花びらで覆われて、共に、白く、白く、白く、ただ白く、染まっている。

花びらが樹（き）から、はらはらと舞う。

花びらは先達の白に溶け込み、またさらに大地に、白の領域を増やす。

青い、ベンチがある。

ベンチには、一組の男女が座っている。

男は黒。携帯を持っている。

女は臙脂。詩（うた）を歌っている。

詩は朗々と、響く。


――人は現（うつつ）。

妖（あやかし）は夢。

心は境界（さかい）。

血は縁故(むすび)。

あるべきものは、あるべき場所へ。

赤い空は、赤い地へ。

月日は地平へ還るが約定(さだめ)。ならば還すを望みましょう。

子供は親へと還るが約定(さだめ)。ならば還すを願いましょう。

境界は分かたれ、夢は覚め、現は来り、子は還る。

肉の絆(きずな)は夢から現を引き上げ——


ふと、詩が途切れた。

武巳は、はっと我に返る。

あやめが、武巳を見ている。その目には驚きと、安堵と、諦めと………その他の武巳には窺い知れない様々な感情が、巡っている。

空目が顔を上げる。

武巳の姿を認め、

「間に合ったか」

と呟き、携帯をポケットに押し込む。

空目は少しだけ、口を「へ」の字に歪める。そして——それは常にクールな空目としてはとてつもなく稀有な事だったが――ふ、と安堵のように見える、溜息をついたのだった。

「すまんな」

その一言で、武巳は理解した。

武巳達がここに来た事は、間違いではなかったのだと。

空目は消えてしまう事など、望んではいなかったのだと。

「陛下……」

涙が出そうになる。感動とか、そんな名で呼ばれる表現不能の感情が胸までせり上がる。自分が言っていた以上に、思っていた以上に、遥かに武巳は空目という人間のファンだった。得体の知れない激情に武巳は駆られた。その感情の奔流は――空目の傍らにいる、この事件の全ての元凶である少女を見た瞬間――一気に武巳の中で反転し、爆発した。

次の瞬間、思わず武巳は、あやめに摑みかかっていた。

「お前っ、お前がっ……！」

あやめの胸倉を摑む。こんな激情は初めての経験だった。少女は「ひっ」と短い悲鳴を上げ、武巳から顔を背けた。

「ごめんなさい、ごめんなさい……」

泣きながら謝るあやめ。それはどう見ても、弱々しい少女以外の何者でもない。だがそれを見ても、いや、だからこそ、武巳の感情の暴走は止まらない。

――もう少しで、空目は消えて無くなる所だったのだ。

それを、たったいま武巳は、実感として感じたのだった。実感した。思い知ってしまった。突然形になった遅れて来た危機感。武巳は全身に鳥肌が立った。それに駆られて、武巳は叫ぶ。

「何で――よりによって空目なんだっ！　何でおれの友達なんだ！　何でおれの仲間なんだよ！　何で、何でこんな凄い奴が、消されなきゃなんないんだよ……！」

あやめを掴む手に力が入る。あやめの顔が、苦しそうに歪む。それでもあやめは謝るのをやめない。圧迫された喉から、かすれた声で「ごめんなさい」と繰り返す。許しを請い続ける。

「よせ、近藤」

空目が腕を掴んだ。

「止めないでくれ……！」

「そうか」

空目は無感動に言う。

「で、そのまま続けて、どうするつもりだ？　殴るか？　絞め殺すか？」

「――！」

そう言われて、少し頭が冷えた。感情に任せて摑みかかったものの、実際あやめをどうこうするなど考えもしていなかった。具体的にショッキングな言葉で訊かれると、どちらも武巳には実行できない。

「くっ……」

表情をゆがめると、武巳はあやめから手を離した。解放されたあやめが、けほけほ咳き込む。

空目はそれを見て武巳の腕から手を離した。

武巳は恨めしそうに、空目を見上げた。

「陛下……」

「すまんな。これは俺の望んだ事の、その結果だ。恨むなら俺を恨め」

空目はそう言った。言いながら、あやめを一瞥する。

「これは実験だった。〝神隠し〟を、逆にこちら側に引き込めるかと思ってな。あいつは最後まで反対した。確かに甘かったな。可能な限りの対策の上、あやめに全力で抵抗させて……その上でたったの六十時間ほどで、消されかけた。これほど〝浸透〟が速いとは」

淡々と、消失寸前だった自分の状況を分析する。

「もちろん、むざむざ消されるつもりは無かったが――――いや、どちらでも良かったのか？俺は」

「……」

武巳はもう言葉も無い。

あまりにも、この男は自分の死について淡白すぎる。

「俺は一体、何を望んでいたのだろうな……」

空目は、空を見上げた。

その、らしくない自問をしている姿は、まるで消えそこねた事を惜しんでいるかのように、武巳には見えた。

＊

「……やれやれ、間に合いましたか」

その基城の呟きで、稜子はようやく我に返った。

言葉が出て来ない。

今見たものが、一体どういう事なのか理解できなかったのだ。

向こうには、今までどうしても見つける事ができなかったベンチがあり、そこに空目がいて、あやめがいる。武巳が何かをした途端、視界が反転する眩暈(めまい)に襲われ、気が付いた時には視覚や記憶や感覚や――――それら全てを覆っていた見えない霞が、いきなりバッサリと、取り払われていたのだった。

何が？　稜子は寸前の記憶を整理する。

武巳が突然「鈴の音が聞こえる」などと言い出したかと思うと、稜子達には理解できないやり取りを俊也と交わし始め、そのうち武巳が何も無い所を手探りしだした途端――――

この通り。

やはり理解が及ばない。

「…………！」

「何？　……今の…………」

俊也と亜紀も、呆然としている。

奇術か、さもなくば魔法を見ているようだった。

「あれが、〝神隠し〟と呼ばれるものです」

そんな中、基城が言う。

「羽間には昔から神隠しの伝承がありまして。くわしい発生年代は不明ですが、少なくとも昭和の初頭までは実際に事件が。それから五十年くらい途切れていたのですが……多分あの少女が、それなんでしょう。あるいは、そのうちの一体といった所でしょうか」

向こうでは武巳が、あやめの胸倉を掴んでいる。が、基城はその事には一切触れる事なく、意に介する事なく説明を続ける。

稜子は両方に気を取られ、狼狽えた。

「……え？　え？」

「非常に珍しいケースです。私の知る限りでは前例がありません。〝神隠し〟からの救出、『隠し神』そのものとの遭遇、それに、あの『鈴』。それも一夜のうちに。全く、何という夜だ」

「あの……基城さん？」

「羽間の神隠し伝承、付属高校の少女の幽霊、十一年前の神隠し事件——全てがここに繋がった。情報部も苦労が報われる事でしょう」

亜紀がそれを聞きとがめる。

「……繋がった？　何を言って………」

「それは……いや、それは後で」

基城は何か言いかけて、やめた。稜子はその声が微かに震えているのに気が付く。基城は緊張しているのだ。喋る事で精神の安定を図っている。

「ここからは私の仕事です」

「あの……」

大丈夫ですか？　と言いかけて、稜子はぎょっとした。基城が無造作に懐から大きな拳銃を取り出したのだ。そのまま構え、銃口をあやめの方へと向ける。

「あ………」

そうだ、そうだった。

ああ、いよいよなんだ……！

稜子は胸が締め付けられるような気持ちになった。

基城は機械のように抑揚を押し殺して、静かに言った。


「排除開始。

誰も動かないで下さい」


その一瞬で、基城の貌から、感情が消えた。

「！」

稜子は思わず目を瞑る。瞬間――聞こえたのは何かを殴りつける重い音と、ほぼ同時に響いた圧縮した空気の音、それから重い金属音だった。

「ぐ……」

くぐもった男の声。恐る恐る目を開けると、銃を落とした基城が左手を押さえ、その前に身構えた俊也が立っていた。二人の表情は硬い。

「……え？」

稜子の混乱。一体なにが起こったんだろう？

無表情に基城が言う。

「いきなり蹴るとは酷い。何故このような事を？」

俊也は顔を強張らせていた。基城の挙動を見つめている。剝き出しの警戒心が目に見えるかのようだ。

稜子は問う。

「……ど、どうしたの？　村神クン………」

俊也はそれには答えず、基城に目を据えたまま、言った。

「お前……今、空目を狙っただろ？」

それを聞いて、基城は答えなかった。

ただ、笑みを、その口元に浮かべた。

4

「――――何故？」

亜紀は静かに、基城に向かって訊ねた。

動揺していないわけではない。それどころかパニック寸前だろう。それでも亜紀の見た目は静かなものだ。

冷静さを取り繕うのは慣れている。

自然に、こうなる。他人に弱みは見せない。

だが……

たとえ表面がどのようなものであれ、今の亜紀の中には動揺、葛藤、煩悶……それら様々に呼ばれる、およそ考えうる限りの『人間の心を乱すもの』が渦巻いているのが現実だった。

空目を助けるため、自分が連れて来た人物が、空目を殺そうとしているという現実への動揺。この状況を前にして、自分は一体どうすればいいのかという葛藤。自分の行動が、結果空目を危険に晒しているという煩悶。

そして――――基城が銃を構えた時。

そのとき亜紀は、暗い歓喜と安堵を、心の中に感じたのを自覚したのだ。

それは、〝妬み〟だった。

気付いた。空目を助けるためなどと言いながら、結局亜紀は、あやめへの嫉妬と敵意で行動していたに過ぎなかったのだ。

そんなつもりじゃなかった――――！

自己嫌悪が、熱したタールのように、どろどろと亜紀の心を焼き焦がした。
自分の欺瞞と弱さに、亜紀は絶望した。絶望と葛藤が亜紀の表情を凄絶な色に陰らせた。だがそれでも、亜紀はそこに立っていた。

静かな怒り。

「何故です？」

黙る事もできた。泣き伏す事もできた。自分の本当の感情に気づかなかった事にして、自分を騙す事もできた。だがそれはしなかった。いかなる形であれ、ここで逃げる事は亜紀のプライドが許さなかった。これは亜紀の最後の誇りと言えた。

「……必要な措置です」

基城は言いながら、ゆらりと後ずさった。

落とした拳銃からも離れる。目もくれない。目の前の俊也を警戒して銃を諦めたのだろう。拾おうとすれば致命的な隙ができる。

棒立ちにも見える自然体に構えた基城からは、しかし亜紀にも判るほどの、言い知れない不気味さが漂っている。一見すると人形じみている棒立ち。しかしそこから感じるのは、喧嘩馴れした人間の余裕、それを濃密に煮詰めたような感覚。

闘争状態にあって恐れの無い、そうと感じさせない態度には、相手にある種の恐怖を与える。

「ええ、これは必要な措置なんです」

そんな基城は、重ねて言った。

「恭の字を……空目恭一を、殺す事が？」

「その通り」

「なぜ？」

「その空目君の存在が、ここに〝神隠し〟を呼び込んでいるからです」

「！」

亜紀の顔が強張る。

基城はこの場にそぐわない、妙に友好的な笑みを浮かべた。

「〝異存在〟の出現プロセスは説明しましたよね？　〝怪談〟に感染した異障親和体質者──つまり〝知ってしまった〟人間を介して、彼等はこちらに出現します。でも不思議に思いませんでしたか？　『彼女』が君達にも見えている事を。これは空目君をホストにして、周囲の人間が『彼女』という存在を〝共有〟しているから起こっている現象です。

彼の異障親和性をチャンネルにして、君達は『彼女』を見ているんです。私にも見える。君達を介して、私にも認識の共有が行われたからです。いま彼は〝彼女〟の存在を『異界』から受け取り、我々へ送信している中継点なんです。電波塔、あるいはネットワークのサーバなんです。集団にパニックが伝染するのと同じシステムを使って、放置すれば『彼女』はどんどん広がって行くんです」

「……それがどうかした？」

「つまり、我々も危ないという事です。もはや条件さえ揃えば、我々は〝彼女〟の被害者にいつでもなり得る。そして候補者は次々と増えてゆく。このままではいずれ、この学校は、この街は、行方不明者の目白押しになるでしょう。

　だが救いもあります。我々は異障親和体質者ではなく、送信された情報を受け取っているに過ぎないので、発信元が無くなって、その上ですでに受け取った情報を消してしまえば元通りただの人になります。私はそうやって、〝異存在〟の被害者を可能な限り減らすのが仕事なのです」

「つまり、あんたはどうしたいわけ？」

　亜紀の声が、感情で微かに震える。

「あなたほど賢い人ならもう解っているでしょう。もちろん空目君を〝処理〟して、ここにいる全員に心理学的処置を施して一切を忘れてもらうのです。そうすれば事実上不可侵に近い、かの〝異存在〟を安全にこちらの世界から放逐する事ができます。

　表向きには死亡事故と、あるいは自殺として処理して、空目君はあくまで『普通の死者』になるわけです。こうすれば後にまた新たな〝異存在〟を呼び込んだり、超常現象の被害者として新しい〝本物の怪談〟の元になる恐れも無い。空目君が神隠しに遭って消えたとなれば、いずれその話が元になって、さらなる神隠しを呼び込む者が現れる事になる。現時点では、これが最も合理的かつ、唯一の手段です」

　基城はさらに言う。

「君達を含めた、より大勢の人間を守るために空目君には犠牲になってもらう。残念な話ですが、その他の方法は存在しない。それでも魔女狩りの頃よりはずいぶん進歩しました。ええ、こういう事は世界中で行われているんです。だからこそ例外は認められない。ご理解ください」

　間髪入れずに俊也が答えた。

「断る」

「なら動けなくするまでです」

　基城もあっさりと言ってのけた。

　すぐ隣にいた稜子が、じりじりと後ずさった。

「わ……わたし誰か呼んでくる！」

「あ、馬鹿！」

　遅かった。稜子がそう言った瞬間、基城が一挙動で稜子の腕を掴み、同時にスーツから何かを取り出して稜子の首筋に当てた。ぱしっ、と小さな音がして、稜子の身体が力を失って崩れた。

　俊也がその隙に踏み込んだが、予想済みの基城は大きく腕を振って、稜子を俊也に向かって放り投げた。やむなく俊也はそれを受け止める。そうする間に基城は、俊也からするりと距離を取る。

「速い。力もある。判断もいい。全く最近の若者は恐ろしいですね」

そう基城。軽口なのか、本気なのか判らない。

「稜子は大丈夫？」

警戒しながら亜紀は訊ねた。基城は稜子の首筋に当てた、小さな装置を手の中に収めていた。小さな黒い箱状の機械。おそらくスタンガンのようなものだ。昏倒(こんとう)した稜子を地面に降ろしながら、俊也が頷いて見せる。命に関わるものではないらしい。亜紀はひとまず安堵する。

「『二次感染者』が判っている以上、それ以外の人は『処理規定』に該当しません。大人しくすれば手荒には扱いませんから、抵抗はやめてください」

亜紀は基城に向き直った。

「……」

向けるのは、拒否の視線。

「困りましたね」

さして困っている風でもない、基城の呟き。

＊

突然、武巳から近い地面が小さく弾けた。

少しの後に銃弾だと気づいたその時には、もう向こうで揉め事が始まっていた。

睨み合っている俊也と基城。その足元にはサイレンサーの付いたピストルが転がっている。

テレビゲームで見た事がある大型の拳銃。それは現代日本ではあまりに現実感の無いオブジェであり、それゆえ武巳はしばらく事態が掴めていなかった。

だが、やがて理解が及ぶと戦慄する。

頭から血の気が引く。弾が自分の方に飛んで来た。それに今しがた、あの銃で空目が狙われていたというのだ。そうこうするうち稜子が何かされて倒れ、基城に放り投げられる。それを受け止めて基城を睨む俊也。あれよあれよと言う間に、事態がとんでもなく緊迫していた。

「抵抗はやめてください」

基城の降伏勧告が、冷え冷えと聞こえて来た。

「……に、逃げよう、殺されるぞ！」

武巳は空目に向けて小さく叫んだ。混乱した頭で武巳は考えていた。人数はこちらが多いし、他の人間は殺す気は無いと言っていた。それならば何とか、空目を逃がすように、何か時間稼ぎができるかも知れない。

「早く！」

だが空目は動かなかった。空目は無表情に、自分の周囲で起こる事を眺めている。

「どうしたんだよ！　あいつ、殺す気なんだぞ！」

「そうだな」

「そうだよ！　だから逃げろって……！」

「無駄だ」

「どうして！」

「相手が悪い。ここで逃げても、すぐに見つかる。高校生ごときの立場でできる事は知れている。何にせよ、ここで別の結論を出すしかない」

「でも……」

やってみなきゃ、判らない。そう言おうとして、武巳は言えなかった。淡々とした空目の態度には、希望的観測など受け付けない非情さが漂っている。

「でも、でも……殺されるんだぞ！」

武巳はやっとの事でそう言った。自分でも何が言いたいのか分かっていない。

だが――――その瞬間、空目の表情が微妙に変わった。遠くを見るような、何かを懐かしむような表情が、目元を掠めたのだ。

「そうか――――それもいい」

途端に武巳の背筋に、冷たいものが走った。一瞬見えたその表情と、たった一言に染み込んだ凄まじい虚無が、武巳の心臓を鷲掴みにしたのだ。

それはまるで死人と話したような錯覚を、武巳の脳裏に刻み込んでいた。空目の抱えた生と死の矛盾は、どちらも等価の重さで空目を苛み続けている。空目は生も死も、心の底から望んでいる。あやめが悲しそうな表情で寄り添っていた。死を告げ、死に寄り添う泣き女のように。

「陛下……」

武巳は無力に呻く。

二人の姿は美しかった。

今の空目に寄り添うものとして、『彼女』以上に相応しいものは存在しない。異界の虚ろな美を前にして、武巳はひどい隔絶感を感じていた。

空目が見守る中、俊也が地面を蹴る音が響いた。

＊

交渉不可。判った瞬間、俊也は仕掛けていた。

一足飛びで間合いに踏み込み、いきなり拳を固めて手加減抜きに顔を狙う。

ルールや形式のある試合とは違い、単なる格闘戦では相手の攻撃を完全に躱すのは実際には困難だ。防御の基本はガードが主体になる。基城は俊也の一撃を捌く。受けると同時に打撃を逸らし、そのまま逆腕で流れるように胴を突く。俊也は身を捻ってダメージを殺す。不自然な体勢で体が近接した。そのまま二人は、がっちりと摑み合う。

俊也が叔父から仕込まれたのは、実は正確には空手ではない。

叔父の職業は空手の師範だが、俊也は段位も持っていなければ、試合すらした事がない。事実、空手自体は基礎しか知らない。

というのも俊也がそう望んだからだ。叔父は職業はともかく、空手だけでなく幾つもの格闘技の段位を持ち、さらには『格闘家』なるものを目指して武者修行の旅をした事がある奇矯な人物だ。喧嘩の経験は誰よりも多い。そんな叔父から空手の代わりに俊也が受けた訓練は、叔父が学んだ各種の格闘技の基礎を仕込まれた挙句、それらを使ってひたすら叔父と殴り合う事だった。

型通りの練習よりも取っ組み合いの方が遥かに多い。何度も怪我をしたし、失神したのも数え切れない。その代わりに俊也は形に囚われない喧嘩ができる。

組み合うのは俊也の望む所だった。基城よりも、俊也の方が頭一つ分は大きい。体格が有利に働く上、ここで足止めしておけば空目には手出しできない。できるなら、このまま押さえ込んでしまうのが理想だった。

基城は正面からは力をかけて来ない。体格の不利を熟知しているようで、最低限の力で踏み止まりながら俊也の力を誘導しようとしている。何かの組み打ちの技を修めているのだろう。それが判ったので、俊也は強引に腕力で押し込むような真似はしない。組み合ったままで、基城の腹部に膝蹴りを見舞った。

「――――ふっ！」

軽すぎる衝撃。胴を引かれた。入りが浅い。反射的に二撃目を打ち込もうとして、俊也はバランスを崩した。膝蹴りのために浮いた片足が降りきる寸前、腰を浮かせた基城がそのまま一気に身体を沈め、座り込むようにして残りの軸足を掬ったのだ。体格差を逆手に取られ、俊也の上体が下方向に引かれて傾ぐ。変形巴投げの要領で俊也は投げ飛ばされる。受身を取る。ダメージは無い。致命打には程遠いが、ここで基城の体を離す事になったのは痛い。

俊也が素早く立ち上がる。

基城もすでに立ち上がり、慎重に間合いを取っていた。

状況は、振り出しに戻った。俊也は内心で舌打ちする。基城は間違い無く、俊也以上に喧嘩が巧みだった。

二人は格闘の基本形、半身の構えで対峙した。

睨み合いの中、基城は口を開いた。

「……社会というのは、有害物質の排除によって成り立っている側面があります」

「？」

突然何を言い出すのかと、俊也は訝しがる。

「社会は脆いものです。人が集まれば必ず構築されるシステムでありながら、些細なストレスによって容易く自壊する宿命を負っています。人の寄る辺でありながら、あまりに大きく、そして脆すぎる偉大な泡。社会の正体とは、そういうものです」

俊也は何も言わない。

「社会は、人間にとって必要な物です。しかし必ずしも正しいものではない。不幸な事に、それゆえ『社会の敵』とは時に何の罪も無い者である事があります。犯罪、害獣、疫病、思想、そして他の社会。場合によってはそれが、ただのスケープゴートでしかない時もある。でも、それでも、社会は守らなければなりません。社会に依らずして生きられる人間はそう多くはありません。犯罪者を裁き、病者を隔離し、害獣を駆逐して、そうやって社会を守らなければ、多くの人が不幸になります。社会とは結局、そういった一般人によって成り立っているのです」

基城は訥々と、語る。

「今の空目君は、危険な伝染病のキャリアと同じです」

「……」

「我々は防疫機関として看過するわけにはいきません。〝異存在〟の蔓延、そして『彼女』らの存在が公になる事は、絶対に避けなくてはいけません」

何が言いたいのか、ようやく判ってきた。

「誰かがやらなくてはいけない。社会だけでなく、君達の命だって危ない。伝染病のキャリアは隔離され、そこで死を迎える事もあるでしょう。忌まれ、隔てられて迎える孤独な死です。しかしその死こそが、実はこの世界を守っている。君は馬鹿ではないはずだ。彼を引き渡してくれませんか？」

基城の最後の勧告だった。もう後は無いと、態度がそう言っている。

俊也は吐き捨てた。

「知るか。空目を殺さないと滅びる程度なら、そんな世界は勝手に滅びてろ」

「……残念です。今から君は、人類の敵だ」

基城は言って、鋭く目を細めた。

知った事か、と俊也は思う。確かに基城の言う事は正論だろう。正義、と言っていいかも知れない。だが、それこそ俊也には関係ない事だった。

いつだったか叔父と話した時に、俊也が選んだのは『普通の偉い奴』だ。『普通』というのは『善』でも『悪』でもない事だと、俊也の叔父は言っていた。そして『善』とは人のためにとしている。

自分を殺す事で、『悪』とは自分のために人を殺す事だと。俊也は今、人のために人を殺そうとしている。

「俺は」

俊也は思う。当時はよく理解していなかったが、多分叔父の言った『普通』とは、こういう事だったのではないかと。

「俺は、俺の友達を傷つける奴は許さない」

宣言する。基城は応じる。

「同感です。ただしより多くの人間が、私の友です」

言うやいなや今度は基城から仕掛けた。素早く、滑るように間合いを詰める。

俊也は受けて立った。即座に一歩踏み出し、間合いに入った基城を、渾身の横蹴りで迎え撃った。勝負は一瞬だった。基城が身を躱す間もなく、俊也の蹴りが胴に入っていた。体のバネを利かせ、充分に体重が込められた蹴りが胴を抉る。丸太のような一撃を受け、押し殺した声を上げて基城が吹き飛んで、転がる。

「ぐ……!!」

勝負あった。

俊也が膝をついた。基城がゆっくりと、身を起こした。

「さすがに効きましたね……」

少し苦しげに、そう言う。

「あまり時間をかけたくなかったので、このような手段になりました。肋をやられましたが、私はまだ充分に戦えますよ。でも君は無理でしょう」

基城は口の端に流れる血を、袖で拭う。俊也は答えられない。声こそ上げなかったものの、その額にはびっしりと脂汗が浮かんでいた。

あの一瞬で、俊也の右足首は完全に折られていたのだ。

体力差を感じた基城は長丁場を避けた。あえて俊也の蹴りを受け、身体で足を捕まえると、蹴りの威力に自分の体重を乗せて足首を極め、蹴り足を破壊したのだった。ほとんど捨て身の技。しかしフィジカルで倍する俊也の足を確実に止めるための、大胆で緻密な確信的行動だった。

「予告通り、君さえ動けなくすれば、後は私が手負いでも問題なく片付けられます」

基城はゆらりと距離を広げる。

足を使えなくしてなお、俊也への警戒を緩めない。

俊也は歯嚙みした。基城がとどめを刺すため近づいて来るなら、俊也にはいくらでも反撃のしようがある。だが基城はこのまま空目を片付けるつもりだった。今の俊也には技術に長けた基城に接近し、かつ攻撃するだけの余力は無い。

「大丈夫です。悲しむ事は無い。心配する事も無い。皆さんは今日の事を全て忘れ、元の生活に戻るだけです。空目君は事故死した事になり、君たちはそれを事実として知る事になる。ただそれだけです。死という名の籤は、誰にでも当たるもの。その時こそ悲しいでしょうが、いずれ悲しみは浄化されます。高校生といえど、毎日、世界中で死んでいます。空目君の死は、その中の一つに過ぎない。

誰だって自分の友達が今日明日に死ぬなど、考えもしないものです。しかし死は常に万人に平等に訪れる。友人が死んでしまった、世界中の人々がその死を克服しているように、皆さんもそのうち悲しみは癒えます。無駄な抵抗をして、こんな所で怪我をする事はありません」

言い聞かせるように語る基城。聞く耳を持たない俊也はその間じゅう方策を練っていたが、思考は少しもまとまらなかった。呼吸が荒い。足首の骨折によるショック症状を起こしかけていた。

俊也は朦朧とした頭で考える。

基城にはそれが手に取るように判っているのだろう。少し表情を緩めると、基城にしては不似合いな――寂しそうな笑いを浮かべた。不可解な表情の動きだ。そう気付いて見れば、最終勧告後にこのような未練げな説得をするのも行為として不自然に思える。もしかすると、基城は俊也達に相当の好意を抱いているのかも知れなかった。本当に俊也達を傷つけるのを悲しみ、空目を殺さねばならないというその現実に、許しを請うているのかも知れなかった。

「君たちは強い若者です。高校生としては破格に強い、モラルと心を持っている。そして知恵も。私は君達と会って楽しかった。これ以上は傷つけたくはない。そこで大人しく……………？」

急に基城の言葉が途切れた。基城が振り向く。

人影が動いた。亜紀が、地面に落ちていた基城の拳銃へと駆け寄ったのだ。それを見て、俊也の意識が現実に引き戻される。

「――――木戸野！　よせ！」

俊也は叫んだ。確かにあの距離ならば基城が押さえる間もなく銃を奪い、銃口を向ける事ができるだろう。しかし先ほど組み合った時に俊也は気づいていたのだ。基城の上着の下にある、もう一つの鉄の感触に。

基城の顔に、一瞬やるせない表情がよぎった。

それでも一挙動で基城は予備の拳銃を取り出し――――亜紀へと向けた。

圧縮した空気の、くぐもった破裂音がひとつ、響いた。

5

亜紀が基城の銃を取って銃口を向けるのと、その亜紀の頭の横を、灼熱(しゃくねつ)した風が通り抜けるのとは同時だった。威嚇射撃の弾丸が通り抜けたと、一瞬で本能が知覚する。それを裏付ける証拠として、基城はすでに亜紀へと銃を向けていた。

その気になれば殺されていた――――！

亜紀の心に凄まじい恐怖が膨張したが、それでも亜紀は銃を離さなかった。基城へと向けた銃口は震えていたが、亜紀の持つ膨大な理性が、感情を希釈し始める。

ほどなく震えは収まった。銃など扱った事は無いが、的の面積が広い胴体へ向けて銃口を固定する。こうすれば格段に命中率が上がる。全く同じ銃を互いに向けて、男と少女が睨み合った。銃は基城にとっては腕の延長のようなもの。対して亜紀の手にはいかにも大きな、不釣合いなものに見えた。

「無駄な事はやめなさい。四五口径の反動は女子高生には大き過ぎる。これは大きくて重い銃ですから、小さな手では反動を支えきる事もできません。百歩譲って私の胴に、貴女が五割の確率で当てる事ができるとしても……その瞬間、私は確実に頭を撃ち抜けますよ」

基城は冷たく言う。

多分その通りなんだろう、と亜紀は思う。現に基城は、頭の横に威嚇の弾丸を通して見せた。さらに武闘家が自分の的の面積を減らす要領で、基城は半身になって銃を構えている。基城はプロだ。亜紀では話になるまい。しかし亜紀は、ここで引くわけにはいかなかった。

「私は冷静です。九割は当てられる自信がありますよ。基城さん、お願いです。諦めて帰ってくれませんか？　たとえ言った通りの相打ちになっても、胴に弾が当たって無事に済むとは思えません。勝てますか？　その状態で。相手は手負いとは言え村神と、無傷の近藤と恭の字の三人ですよ」

怖れを封じ込めて、亜紀は言う。それだけでも巨大な精神力が必要だった。銃口がこちらを向いている恐怖は言語を絶する。理性が底を尽きかけた。

「そうする自信はあるつもりですが……」

基城は静かに言い切る。

そして、

「銃を向けられた以上、こちらも任務遂行の障害として本気で殺しにかからなければいけなくなりますよ。今の貴女の行為は、処理規定の外です。いいですか？　十秒待ちます。その間に銃を置かなければ即座に射殺しますよ」

と、これ以上ない、明確な警告を口にした。

亜紀の額を、冷たい汗が伝った。

「数えますよ――――一……二……」

亜紀は逡巡する。

息もできない緊張が、自分の成すべき事を決めさせない。

「三……四……」

亜紀は考える。

早鐘のような心臓の音が、思考を攪乱する。

「五……六……」

亜紀は思う。

どうすればいい？

「七……八……」

死ぬとは、どういう事だろう？

「九……」

カウントが終わる。

頭が、真っ白になる。

「…………十」

それを聞いた時には、亜紀は引き金を引いていた。

＊

「――――！」

基城は撃てなかった。被弾した瞬間、電気か冷気か、そんな冷たい感覚が肩口から一瞬で全身に広がり——反射的に体が身震いした直後、一気に傷が灼熱した。激痛で右腕全体が麻痺する。自由に動くようになるまで、一体どれほどかかるだろうか？

基城は自分の甘さをこの時ばかりは真剣に呪った。全ての精神力を動員して意識を保つと、瞬時に亜紀へと駆け寄って、手にした銃を蹴り飛ばした。自分が人を撃った事がショックだったのだろう、亜紀は呆然として動かない。それを一瞥で確認すると、痺れたように動かない自分の右手から拳銃をもぎ取り、左手で構えた。空目へと向けた、照準が震えた。

「く……っ！」

予想はしていたが、やはり狙いは定まらなかった。

肋骨四本、内臓損傷、そして右肩の銃創が、馴れない逆腕射撃の照準を乱す。落ち着くまで数秒かかる。基城は焦った。失態だ。命に代えても任務を遂行しなければならない。エージェント、基城泰は任務に意識を集中させた。

自分がこの若者達に好感を持ったのは確かだ。そしてこれほど知性的なグループのカリスマたり得る、空目恭一という少年に興味を持ったのも間違い無い。空目恭一を〝処理〟する事で、悲しむ事になる彼らに同情したのも否定はしない。だが……そんな事は関係ないのだ。任務は、任務なのだ。

空目恭一は、神隠し事件の生き残りだ。『神隠し』タイプの異存在は危険度が高く、仕損じれば多くの人間に被害が出る可能性があった。ただでさえ異存在遭遇者は再び遭遇を起こしやすい。だからこそ彼は〝機関〟によって慎重にマークされ続けていた。

その末の、遭遇。しくじりは許されなかった。何よりも、それでは自分が困った。なぜなら今の基城には〝機関〟以外、この日本には居場所など存在しないのだから。

覚悟が震えを止めた。集中力が、世界の動きを止めた。

息を止めて、狙って、撃て。

「────やめろ！」

俊也が叫ぶ。だが、もはやその声は基城には聞こえない。

照星の向こうで、空目が皮肉げな表情をした。これから死ぬ事などどうでも良さそうな、無感動な顔。

今度こそ、基城は引き金を引いた。

ぱっ、と真っ赤な血が、華のように飛び散った。

＊

うっすらと、稜子は目を覚ました。

頭と視界がぼやけている。ぼんやりと、未覚醒の目に桜が映っている。

これは学校だ。校庭の風景が、ぼんやりと目に映っている。どうしてこんな所で寝てるんだろ。そう稜子は思う。夢か現か、まだ区別はつかない。

だがひどく体が重いと感じた。起き上がるのが億劫だった。

ずーんと、重い。いや、もしかするとこれは〝痛い〟なのかも知れない。

重い、鈍痛なのかもしれない。だが今の稜子には、そんな事はどうでもいい。

ぼんやり霞んだ視野は白い。桜が霞んで、さらに白い。その靄がかかったように白い中で、何やら人が動いている。それを稜子は眺めている。現と夢との間の目では、人影は輪郭すら定かでない。その数人の人影が、何をやっているのかも判別できない。しかしその中で、妙にはっきりと見えるのが一人、いた。

……ああ、あやめちゃんが居る。

稜子はぼーっと、その姿を眺めた。

臙脂のケープの少女は、思いつめたような表情でそこに立っている。とても綺麗な顔で、立っている。桜色の唇をきゅっと引き締めた、その凛とした綺麗な表情に、稜子は見とれた。そして漠然と、思いを巡らせる。

一体、何を想っているの？

あなたは今、何を考えているの？

その不思議な表情は、どうして？

『これはね……』

不意に、父の声が聞こえた。

夢の底から突然記憶が湧き出した。

「これはね……稜子。この母さんの写真は、まだ稜子がお腹の中にいる時に撮ったものだよ。ここに映ってる母さんの中に、稜子が居たんだ」

「ふぅん」

「実はね、稜子が授かった時、母さんは病気になってしまってねえ……このまま稜子を産めば死んでしまうかも知れないと、お医者さんに言われてたんだ」

「……………え？」

「みんな、お母さんが稜子を産むのに反対してね……聡子――――つまりお姉ちゃんがいるから、もう子供はいいじゃないか、って言うんだ……実は父さんも、その時はそう思った。お母さんの命には代えられない。赤ん坊の事は諦めよう、って。だから父さんは言ったんだ」

「……」

「『赤ん坊は諦めよう。お前が死んだら、聡子はどうなる？　まだ生まれてない赤ん坊より、聡子の方が大事だろう』って……」

「……それでお母さん、どうしたの？」

「お母さんはね、父さんがそう言った途端、きっ、と僕を睨んで言った。『ここにはもう命がある。新しい命は生まれている。この子が生きている以上、たとえまだ生まれてなくても聡子と同じ。区別なんか無い。私はこの子を産むためなら、たとえ死んでも悔いは無い』――父さんはそれを聞いて、不覚にも泣いてしまった」

「…………」

「それで父さんも覚悟を決めてね。最後になるかも知れない、母さんの写真を撮ったんだ。それがこれなんだ…………見てごらん、母さん、凛々しくて綺麗な顔をしてるだろう？　悲しい笑みだけど、吹っ切れたように微笑ってる。これが命を捨てる覚悟をした母親の貌だよ。これだけの覚悟をして、母さんは稜子を産んだんだ。だから……」

……ああ、そうか。忘れていた記憶が、稜子の漫然とした心の中で形になった。記憶と現実が溶け合い、ここに一つに繋がる。

――武巳と遭遇した怪奇な夜。あの最後に見た、あやめの哀しい微笑み。

――昔見た写真の、全てを捨てる覚悟をした母の微笑み。

稜子は理解した。

稜子がずっと気になっていた、あやめの表情の正体を。
武巳も見たはずなのに、少しも気には止めなかったその理由を。
稜子は全て理解した。あの表情は、稜子だからこそ心に引っかかったのだ。

……そうか――――

稜子は呆然と、思う。

……そうなのだ――――

……そうだったのだ。あやめちゃんは――――

あやめが空目の前へと立ち塞がったのは、その時だった。

＊

それは一瞬の事だった。

基城が空目へ銃を向け、その引き金を今にも引き絞らんとした刹那――――あやめは突如として武巳の目の前で、空目の正面に躍り出て、大きく両手を広げて、空目を庇ったのだ。

「な――――！」

武巳は驚愕する。これぱかりは予想を越えた事態だったのか、空目も驚いて目を見開いた。

その時には、もう引き金は引かれていた。発射音。空目の胸の高さにあった、あやめの頭から、赤い飛沫が弾けて、飛び散った。

衝撃で、あやめの身体がスローモーションのように傾ぐ。

「！」

その時、武巳は見た。

あやめが空目を庇った、その瞬間。

引き金を引いた基城の顔が、凄まじい焦りと恐怖に彩られたのを。

「なっ！　しまっ――――」

基城の叫びは、かき消された。

ぱちん、とあやめの姿が消失した。そしてそれを起点にして起こった、あまりにも異常な現象が、基城の叫びを持ち去ってしまったのだ。

世界が、弾け飛んだ。

あやめの頭部で弾丸が弾けるやいなや、まるであやめを中心にして風船が割れるように――――ぱちんと、空間が、あやめもろとも弾けて飛んだ。形容するなら、今まで見ていた世界は風船に描かれた背景で、あやめはその一部だった。そして、それに針を刺して、今、割ったのだ。

世界が、弾けた。

空間がめくれて、その向こうにある本物の風景が露出した。

一瞬で、世界は塗り替えられた。その瞬間――――ここにあった世界は、〝本物の〟異界となった。


…………


ひどい耳鳴りがした。

武巳は今、学校の敷地に立っている。

桜の咲く、校庭に立っている。

桜は白い。花は白く、頭上と地面を覆い、幹は黒々と、屹立(きつりつ)している。

その下には青いベンチが、据えられている。

皆が、周りに立っている。

学校の、校庭。武巳は、夜空を見上げる。

空は、真っ赤だった。

赤い空に、白い月が、まるで巨大な眼球のように、ぬらりとした光沢を帯びて浮かんでいた。

ぽっかりと浮かぶグロテスクな月が、桜や皆の影を、大地に落としていた。影は赤い。真っ赤な影が、樹から、皆から、大地に向かって、伸びていた。

赤く、長く。

そしてそれを映す地面の下草は、元の青々とした色を失っている。

草も、葉も、白く色褪(いろあ)せ、瑞々(みずみず)しいままの形で、枯草の色と化していた。世界を覆う赤い闇に、失われた生命の色。血の空と枯死した大地。これはまるで、元の世界の悪趣味なパロディーのようだった。

耳鳴りがする。

気圧が違うのだろう。だが大気そのものも違うのが、武巳には判る。

空気の香りが違うのだ。

やけに乾燥した、その猛烈な枯れ草の匂いに微かに鉄錆を含ませたような奇妙な香りのする空気は、実際今の今まで武巳が呼吸した事の無い種類のものだった。いや、武巳は思い出す。

武巳が『彼等』に遭遇したあの時、あの夜に、微かに空気に、この匂いがしたのではなかったか？

破裂するように空と世界が変わった瞬間、この空気は何処からともなく周囲になだれ込むと、あっという間に濃密に、この周辺を支配してしまった。

狂った世界の、空気だった。

耳が馴れ、耳鳴りが収まってきた。

入れ替わりに聞こえ始めたのは、悲鳴だった。

基城が、悲鳴をあげていた。

基城は空間の一点を見つめ、恐怖に歪んだ表情で悲鳴をあげていた。

基城が見つめているのは、あやめが居た空間だ。そこにはもう、あやめは居ない。空間と共に、弾けて消えてしまっていた。

しかし何が見えるのか、基城はそこに視線を固定したまま、叫んでいた。

基城の貌は、真っ赤だった。

今まであやめが居た、しかし今は何も無い空間の地面から、まるで今そこにあやめが立っているかのように赤い影が伸びていた。影に飲み込まれ、基城は恐怖の叫びを上げていたのだった。

風が、吹いた。

月の浮かぶ方角から一陣の風が突如として吹き込み、桜を揺らし、花びらを巻き上げながら一帯を吹き抜けた。

それは、歪んだ空間が揺り戻したかのようだった。

ごぉう、と暴風に拭い去られるかのように、世界が再び塗り直された。

月が、空が、影が、草木が、瞬く間に元の色へと変わって行った。そして風に持ち去られるように、異界の空気が失われた。花が、そして砂が混じった強い風に、武巳は思わず目を閉じた。皆、目を閉じ、蹲り（うずくま）、風が吹き去ってしまうのを待った。

武巳はその中で、遠くに蠢く無数の異形の気配を感じていた。


…………

また、耳鳴りがする。

武巳は目を開ける。世界は元に、戻っていた。

そこは元の学校だった。しかし、少しだけ違っていたが。

あやめの姿は、やはり消えていた。さらに基城の姿が、何処にも無かった。

風に世界が拭い去られると同時に、基城もまた、消え去ってしまったのだった。

何事も無かったかのように、また、はらはら桜が舞い始めた。

元の静かな、夜だった。

嗚咽（おえつ）が聞こえる。

見れば亜紀が、地面に座り込んで肩を震わせている。

「馬鹿は……私だ……」

亜紀はそう呟き、泣いていた。

武巳は呆然と驚いた。亜紀が泣く所など、見た事が無かった。

「……私は何も分かってなかった。何も考えてない馬鹿は、私のほうだ。こんなつもりじゃ、なかった。こんな事なら何もしない人間の方がましだ………！」

亜紀は嗚咽する。亜紀の悲壮な呟きに、武巳は何も言えなかった。ただでさえ、一度に多くの事がありすぎて考える力が摩滅していた。

「………」

目を移すと空目が跪き、頭を垂れていた。

顔は、見えない。だが手を伸ばして地面に触れている。

月明かりに照らされた白い大地。そこには赤黒い染みが点々と散っていた。空目はそれに、触れていた。

あやめの、血。

それに触れながら、空目は肩を震わせていた。

「陛下……？」

武巳は戸惑う。見てはいけないものを、見てしまった気がした。空目の震えは徐々に大きくなる。そのうち、声が漏れ聞こえ始める。

「――――く――――くく――――くく、ふふふふふ…………！」

笑っていた。

空目は肩を震わせて、笑っていた。

呆然とする武巳の前で、空目はひとしきり肩を震わせると、やがて静かに震えを収めて、突然すっくと立ち上がった。

その時には、空目はすでに、いつもの無表情に戻っていた。

「陛下…………」

おずおずと呼びかける武巳に、空目はいつもと全く同じ顔を向けた。

「何してる。近藤。早く救急車を呼ぶぞ」

その言葉には、数秒前の痕跡など微塵も残ってはいなかった。

「へ……？」

突然言われた事が理解できず、武巳は間抜けな声を上げた。

「村神は足を折られてる。歩いて帰れるわけが無いだろう。他の連中もあの通りだ。だから救急車を呼ぶぞ、と言ってるんだ」

咄嗟に反応できない武巳に、空目は訝しげな顔をする。

「……どうした？」

「え、えーと」

「携帯があるだろう」

「あ……そ、そうだね」

「早く」

有無を言わせぬ空目の口調に、武巳は慌てて、携帯を取り出した。そして言われるまま一一〇番をプッシュする。しばらくは状況の説明などに忙殺されるだろう。

空目は何もせず、そのまま元のベンチに座り込んだ。

そして、すう、と鼻で空気を吸い込むと、何故だか少しだけ、名残惜しそうな表情をした。

終章　宴のあと

継子であったあやめにとって、世界とは手の届かないものだった。

疎外感から空想に身を投じ、やがてその末に〝神隠し〟に攫われて後も、あやめと世界との距離は、何ら変わる事がなかった。

住む世界が変われども、継子は継子。

与えられたのは、永遠の孤独。

孤独には慣れていた。それでも一度得た友人を失うのは、悲しかった。

自分と同じような人々に出会い、交わりを重ねれば、そのたび誰もが、〝異界〟に喰われる。

心に〝異界〟を持つ者を、〝異界〟へと連れてゆく存在。あやめはそういう力を与えられていた。いや、そういう力そのものに、あやめはなっていた。

あやめはもはや、自分を攫ったモノと、同じモノになっていた。

あやめは人と交わるのはやめた。自分の事は耐えられたが、残された人々の悲しみ、絶望は耐えがたかった。

だがその悲しみや絶望が伝説を生み、恐怖と共に語られるのが、あやめが存在している理由。あやめは人でないこの身が、人に忘れられれば消え去ってしまう事に、とうに気づいていた。

それでも構わなかった。

あの日、あの人に出会うまでは。


弱まる〝力〟を感じながら、あやめは、現の夢を見る。

*

「――――つまり、俺の持っている『霊感』というのはお前らが思っているようなものじゃなく、この世の物ではない匂いが識別できるという、ただそれだけのものでしかない」

皆の集まった部室で、空目はそう言った。


あれから一週間ほどが過ぎていた。武巳が呼んだ救急車で五人はすぐさま病院へ運ばれ、唯一の重傷者の俊也だけが、即刻入院と決まった。

深夜の学校で何をやっていたのかと医者は不審そうにしたが、皆その事には口をつぐんだ。正直に言うわけにもいかず、どのように説明すればいいのか、皆目見当がつかなかったからだ。

全員が警察沙汰を覚悟したが、誰もいい案が思い浮かばなかった。稜子に至っては警察よりも、退学の方を恐れていた。それぞれが不安に思いながら、一日が過ぎ、二日が過ぎたが、警察はおろか学校すら、結局、何も言っては来なかった。

皆、どういう事だろうと首を傾げたが、藪蛇になっては困るので黙っていた。

数日して、ギプスで退院して来た村神が言った。

「親が見舞いに来てな……どうも俺達は、空目が事件に巻き込まれたのを、警察と協力して解決した事になってるぞ」

それで疑問は氷解した。

外の世界ではそういう事になっていたらしく、だから誰も何も言わないし、みんな学校に問題なく復帰できる事になった。どうやら〝異存在〟とやらの噂が漏れないように、誰かが手を回しているようだった。勝手に情報が操作されている。気味悪くもあったが、都合はいいので乗っておく事にした。どうせ真実を叫んだとしても、誰も信じはしないのだ。

……そして一週間。

あれから初めて全員が揃った放課後、食堂で空目を囲んで話をする事になった。

それぞれの持っている情報が違い、誰も事件の全体が見えなかったのだ。皆、納得のいく答えを知りたがっていた。唯一空目だけは、さほど興味を持っていないようだったが、それでも皆に請われると、自分についての事を話す事に同意した。あくまでも仕方なさそうに、だが。

「俺の持っている『霊感』は、そんなに強力なものじゃないんだ。実際、〝見える〟事はほとんど無いと言っていい。俺の中で特別なのは嗅覚だけだ。多分、これは俺の昔の体験のせいなんだろうな。俺があの手の存在を嗅ぎ分けられるようになったのは、あれの直後からだ」

空目は言った。

「俺は子供の頃に〝神隠し〟に遭った。俺が神隠しに遭った時、視覚は目隠しで覆われて、何も見えなかった。触覚は、握られた手の感触だけしか憶えていない。目隠しの布が被さって、聴覚も不完全にしか働かなかった。そんな状態で、俺は『異界』を連れ歩かされた。

だから俺は、異界の事など何も知らないに等しい。だが唯一、憶えているのが空気の匂いだ。嗅覚だけが、俺の中で唯一正確に異界を憶えている。俺のあれは、本当は霊感なんかじゃない。俺はただ『異界』の匂いを識っているに過ぎない。霊感というのは買(か)い被(かぶ)り過ぎだ。これはそれほど便利なものではないんだ」

空目にしては珍しく、自嘲とも取れる言葉だった。だが、それを言う空目の声は淡々としたものだ。あくまで事実のみを述べているといった様子だ。

皆は少しの間、沈黙する。

「……それで、恭の字は『あの子』を見つけたんだね」

亜紀が空目に訊ねた。質問というよりも、確認の意味でだ。

「ああ、そうだ」

　空目は無表情に頷く。

「服や髪に、元の世界の匂いが染み付いていた。そうでなければ、あいつの存在に、気が付きもしなかっただろうな」

「なるほど」

　頷く亜紀。

　亜紀は――――あれから二日間、学校へ出て来なかった。

　夜の学校から半狂乱に近い状態で病院に運ばれ、放心状態で一日入院した。それから二日間、家に閉じこもった。

　プライドの高い亜紀の事。あれだけの醜態を皆に晒してしまった以上、二度と亜紀の姿を見れないのではと、皆が想像したほどだった。事実、その想像は充分なリアリティーを持っていた。

　だが、三日後。亜紀はばつの悪そうな顔をして、学校に出て来た。皆には「悪かったね……」とそれだけ言って。

　皆が思った。

　やはり亜紀は、強い女だと。

「――――俺は〝神隠し〟に攫われて、ずいぶん長い間『異界』を連れ回された」

空目は続ける。

「外の様子は目隠しで見えなかったが、『この世』でない事はすぐに判った。空気の匂いが違うんだ。夏の盛りには、あんなに強い枯れ草の匂いはしない……」

「……枯草の……？」

そのくだりで、武巳が反応した。

「それは、もしかして……」

「気づいたか？　あやめを触媒にして現出した、〝異界〟の空気の匂いに。あれが、あやめの属する世界だ。俺も〝見る〟のは初めてだったが、あやめからは微かにあの空気の香りがした。それで――――あまりの懐かしさにな、欲しい、欲しくなった」

「欲しくなった、って……陛下……」

「だから俺は、あやめを皆の所に連れて来たんだ。もしかしたら、〝神隠し〟の方をこちら側に引き込めるかと思ったからな」

「……」

「だからって、いきなり〝彼女〟なの？　魔王様。うーん、怪しいなー」

稜子が言った。顔が半分くらい笑っているので、下世話な想像で言っている事は間違いなかった。その下世話な想像は彼女の中で『ロマンス』と呼ばれている。

「実験の一環だ」

だが空目は、あっさり言い切った。

「俺には弟がいた。一緒に神隠しに攫われて、弟だけはどこか、人の気配がたくさんある方へと連れて行かれた。そして、帰ってこなかった。俺はその時から、ずっと、それが鍵なんじゃないかと考えていた。理論的にはこうだ。

多くのその世界の人間に認識させる事が、その世界での存在を確実にする。

いい機会だから、その理論を実験した。俺の彼女と称すれば、嫌でも印象に残るだろう。それを狙っての事だ。他意は無い」

「そりゃ、私も驚いたけどさ……」

何やら稜子は不満そうだ。よほど空目のロマンスを期待していたらしい。

「それはさ、陛下に期待するものが間違ってるよ」

武巳はどこかで聞いたような台詞を言った。

自分で言って、苦笑いが出た。

「でも確かに、インパクトはあったね。おれと同じ苗字なんだから」

何気ない言葉だったのだが、それを聞いた空目は急に渋い顔になった。

「……ああ、そうだな。あれは失敗だった」

「は？」

武巳は間抜けな声を出す。空目の眉間が寄る。

「失敗だった、と言った」

「……何が？」

「苗字」

空目は鬱陶しそうに言い放つ。

「…………え？」

「だからな、本当は苗字なんか無いんだ。あいつは。人じゃないから。あの時ばかりは自分の間抜けさ加減に腹が立った。完全に失念していたからな。確かに普通は人に会ったら、最初に苗字を聞くものだ」

「……それを決めてなかった、と」

「ああ。それどころか苗字という事象自体に思い至らなかった。時々、俺は自分の常識把握力が信用できなくなる」

「それは…………陛下らしいな」

武巳は苦笑した。それを聞いて、亜紀も笑う。

「確かにね……」

亜紀の言う通り、空目は時々「どうしてこんな事を知らないのか」というほど簡単な事を、知らない事がある。他の知識は膨大なのにもかかわらず。

「それで咄嗟に近藤の名前を使ったんだね。目の前にいて、さらにインパクトを狙えるから。

皆の印象に少しでも強く残れば、それだけ彼女を〝引き込み〟やすくなる」

「……その通りだ」

「よく咄嗟にいろいろと思い付くもんだね……」

亜紀は感心したような、呆れたような顔。

足首をギプスで固めた俊也が、顔を顰めた。

「――――で、その理論。間違ってたら、どうするつもりだったんだ？」

この事件での唯一、肉体的被害を受けた俊也は完治に数ヶ月が予想されている。本当は被害者はもう一人居るのだが、その証拠はもうどこにも無い。基城の失踪は事件にすらならず、修善寺の住職は、知らない間に別の人に変わってしまっていた。新しい初老の住職は臨時で、以前の住職が引越したため、一時的に寺を預かっているのだと言っていた。基城の行方は、杳として知れない。

だが自覚があるかは知らないが、あと少しで、空目もそうなりかけたのだ。

「危険だろうが」

俊也の言っているのはそういう事だった。

「別に」

しかし、その空目の返答は、無感動だった。

「実験にはリスクは付き物だ。いや、生きること自体リスクそのものだ。生きる時は生きる。

死ぬ時は死ぬ。誰だってそうだ、例外は無い。何の問題がある？」

淡々と言う。

「…………あぁ、もういい」

俊也は諦めた顔をして、はたはたと手を振った。

「この手の議論で、俺に勝ち目が無いのはよく知ってるよ」

話題にする気も起きないようだ。

「……違いないね」

亜紀が笑った。そして、

「で、どうだったわけ？　その恭の字の理論とやらは正しかったわけ？」

と意味ありげに聞いた。

「ああ、それはな……」

空目は応えて、軽く振り返った。

「正しかったと、証明された。証拠がここにあるわけだ…………なあ？」

「――――はい」

あっという間に視界が涙で滲んだ。

あやめはそこに立ち尽くし、ぼろぼろ、ぼろぼろ、とめどもなく涙を流した。

＊

春の香りが風と共に吹き込む。
その風には微かに、ほんの微かに——枯れ草の香りが混じっていた。

新装版あとがき

はじめに、この本の出版に関わった全ての方々に。
それから、この物語を手に取って下さった貴方に、心より御礼申し上げます。

どうも。甲田学人（こうだがくと）です。
まずは――

怪奇。幻想。少年。少女。異形。怪異。怪談。オカルト。都市伝説。
そういったキーワードにぐっと来る皆様に、私よりこの物語をお送りします。

というわけで、はじめましての方にも説明させていただきますと、本作は二〇〇一年に刊行されました、私のデビュー作の新装版になります。
こうして今になって読み返すと、何しろデビュー作かつ長編処女作ということで、明らかに肩に力の入った大上段に構えた文章になっていたり、そのくせ逆に浮ついている部分があったりと、なかなかに面映(おもは)ゆくあります。

しかし同時に、デビュー作であるがゆえに、私の創作における最も根源的な本質やアイデアやイメージといったものが、一切のブレーキをかけずに貪欲に余さず詰め込まれている作でもあります。幸いにも、そして有難くも、そんな本作は好評いただきまして、シリーズ化して十三巻で完結しています。

そんな本作を、このたび再びお送りする運びとなりました。

新装に当たり、全体に改稿を加えています。特に二十年ほどで全く様変わりしてしまった情報テクノロジーの部分などを。あとは時事ネタなど。

お楽しみいただけましたなら幸いです。

あるいは、これからお楽しみいただけることを祈りつつ。

二〇二〇年四月　甲田学人

＜初出＞
本書は2001年7月、電撃文庫より刊行された『Missing 神隠しの物語』を
加筆・修正したものです。

この物語はフィクションです。実在の人物・団体等とは一切関係ありません。

【読者アンケート実施中】
アンケートプレゼント対象商品をご購入いただきご応募いただいた方から抽選で毎月3名様に「図書カードネットギフト1,000円分」をプレゼント!!
https://kdq.jp/mwb
パスワード
v5cp8

■二次元コードまたはURLよりアクセスし、本書専用のパスワードを入力してご回答ください。
※当選者の発表は賞品の発送をもって代えさせていただきます。 ※アンケートプレゼントにご応募いただける期間は、対象商品の初版(第1刷)発行日より1年間です。 ※アンケートプレゼントは、都合により予告なく中止または内容が変更されることがあります。 ※一部対応していない機種があります。

メディアワークス文庫

Missing
神隠しの物語

甲田学人

2020年5月25日　初版発行
2024年11月25日　11版発行

発行者　山下直久
発行　株式会社KADOKAWA
〒102-8177　東京都千代田区富士見2-13-3
0570-002-301（ナビダイヤル）
装丁者　渡辺宏一（有限会社ニイナナニイゴオ）
印刷　株式会社KADOKAWA
製本　株式会社KADOKAWA

※本書の無断複製（コピー、スキャン、デジタル化等）並びに無断複製物の譲渡および配信は、
著作権法上での例外を除き禁じられています。また、本書を代行業者等の第三者に依頼して複製する行為は、
たとえ個人や家庭内での利用であっても一切認められておりません。

●お問い合わせ
https://www.kadokawa.co.jp/（「お問い合わせ」へお進みください）
※内容によっては、お答えできない場合があります。
※サポートは日本国内のみとさせていただきます。
※Japanese text only

※定価はカバーに表示してあります。

© Gakuto Coda 2020
Printed in Japan
ISBN978-4-04-913081-2 C0193

メディアワークス文庫　https://mwbunko.com/

本書に対するご意見、ご感想をお寄せください。

あて先
〒102-8177　東京都千代田区富士見2-13-3
メディアワークス文庫編集部
「甲田学人先生」係

メディアワークス文庫

甲田学人
――このマンションは、何かがおかしい。
鬼才・甲田学人が贈る怪奇都市ファンタジー。
ノロワレ
怪奇作家真木夢人と幽霊マンション
『もし深夜に子供がドアをノックしても、絶対に開けないで下さい』
ホラー小説レーベルの編集者・西任結は、子供の喘息を憂い地方への引っ越しを決めた。だが、そのマンションでは奇妙な出来事が多く起こる。川に浮かぶ幾つもの紅い流し雛、不自然に多い空き部屋、「よそ者は出て行け」と怒りを露わにする老人、そして掲示板に貼られた謎の掲示――。
結は「新居がいわくつきだったら教えて下さい」と告げた若きベストセラー作家・真木夢人に相談を持ちかけるのだが、事態は一向に変わらず。そして、ついに住人の子供が奇怪な死に巻き込まれ――。
発行●株式会社KADOKAWA

メディアワークス文庫

時槻風乃と黒い童話の夜 第3集

甲田学人

——少女達にとって生きることは『痛み』だ。

そして「シンデレラ」「ヘンゼルとグレーテル」「白雪姫」「ラプンツェル」「いばら姫」など、現代社会を舞台に童話をなぞらえた怪異が紡がれる——。鬼才・甲田学人が描く恐怖の童話ファンタジー、開幕。

時槻風乃と黒い童話の夜 第3集

時槻風乃と黒い童話の夜 第2集

時槻風乃と黒い童話の夜

発行●株式会社KADOKAWA

発行●株式会社KADOKAWA

絶対城先輩の妖怪学講座　一〜十二

峰守ひろかず

怪奇現象のお悩みは、文学部四号館四階四十四番資料室まで。

妖怪に関する膨大な資料を蒐集する、長身色白、端正な顔立ちだがやせぎすの青年、絶対城阿頼耶。白のワイシャツに黒のネクタイ、黒の羽織をマントのように被る彼の元には、怪奇現象に悩む人々からの相談が後を絶たない。

季節は春、新入生で賑わうキャンパス。絶対城が根城にしている東勢大学文学部四号館四階、四十四番資料室を訪れる新入生の姿があった。彼女の名前は湯ノ山礼音。原因不明の怪奇現象に悩まされており、資料室の扉を叩いたのだ——。

四十四番資料室の妖怪博士・絶対城が紐解く伝奇ミステリ登場！

メディアワークス文庫

メディアワークス文庫は、電撃大賞から生まれる!

おもしろいこと、あなたから。

作品募集中!

自由奔放で刺激的。そんな作品を募集しています。
受賞作品は
「電撃文庫」「メディアワークス文庫」「電撃コミック各誌」等からデビュー!

電撃小説大賞・電撃イラスト大賞・
電撃コミック大賞

賞(共通)
大賞……………正賞+副賞300万円
金賞……………正賞+副賞100万円
銀賞……………正賞+副賞50万円

(小説賞のみ)
メディアワークス文庫賞
正賞+副賞100万円

編集部から選評をお送りします!
小説部門、イラスト部門、コミック部門とも1次選考以上を
通過した人全員に選評をお送りします!

各部門(小説、イラスト、コミック)
郵送でもWEBでも受付中!

最新情報や詳細は電撃大賞公式ホームページをご覧ください。

http://dengekitaisho.jp/

主催:株式会社KADOKAWA